दो प्रेमियों का अजीब क़िस्सा

दो प्रेमियों का अजीब क़िस्सा

सेस नोटेबोम

अनुवाद

विष्णु खरे

वाणी प्रकाशन

प्रकाशन के उत्कृष्टतम 63 वर्ष

सजिल्द पहला संस्करण : 2003
सजिल्द दूसरा संस्करण : 2026

vaniprakashan.com

वाणी प्रकाशन

4695, 21-ए, दरियागंज, नयी दिल्ली-110 002

फ़ोन : + 91 11 23273167, 23275710

शाखाएँ

अशोक राजपथ, पटना-800 004, बिहार

कॉफ़ी हाउस कैम्पस, महात्मा गांधी मार्ग, प्रयागराज-211 001, उत्तर प्रदेश

महात्मा गांधी अन्तरराष्ट्रीय हिन्दी विश्वविद्यालय, वर्धा-442 001, महाराष्ट्र

sales@vaniprakashan.in
vaniprakashan@gmail.com

Do Premiyon Ka Ajeeb Qissa
Translated in to Hindi Cees Nooteboom's
Dutch in Nederland
by Vishnu Khare

ISBN : 978-81-8143-072-4
Novel

मूल्य : ₹ 325

आवरण : जगत सिंह रावत

The financial support of the Foundation for the Production and Translation of Dutch Literature is gratefully acknowleged

जी.एस. ऑफ़सेट, दिल्ली-110 095 में मुद्रित

वाणी प्रकाशन का लोगो मक़बूल फ़िदा हुसैन की कूची से

"हमें यह कहानी कहाँ से मिली?"
"कूड़ेदान से, उस सारे पुराने कचरे के साथ।"

—हांस ख्रिस्तिआन आंदेर्सन

यह अनुवाद रूडी वेस्टर और हैन्क प्रोएप्पर के लिए

For Rudi Wester and Henk Pröpper, this translation

1

एक वक़्त की बात है जब ऐसा वक़्त था जो कुछ लोग कहते हैं कि अब भी चल रहा है। तब हॉलैंड, जो समुद्र की सतह से नीचा होने की वजह से 'नेदरलैंड' (निचला देश) कहलाता है, आज के मुक़ाबिले कहीं ज़्यादा बड़ा था। कुछ लोग इससे इन्कार करते हैं, और कुछ और लोग कहते हैं कि हालाँकि कभी वैसा था ज़रूर, लेकिन अब नहीं है। मुझे मालूम नहीं कि इसमें से कौन-सा मत सही है। फिर भी मैंने यूरोप के सबसे ऊँचे दर्रों पर डच, यानी हॉलैंड का, झंडा फहराते देखा है। देश का उत्तर तो हमेशा दोक्कुम, रोदेस्कोल और पीतरबूरेन के आसपास था लेकिन दक्षिणी सीमा अम्स्तर्दम या हेग से कार से कई दिनों की यात्रा पर आती थी।

मैं एक विदेशी हूँ, लेकिन मुझे वह सब कुछ याद है, और मेरा उसके बारे में चुप्पी साध लेने का कोई इरादा नहीं है। मेरा नाम अल्फ़ोंज़ों तिबूरोन दे मेंदोसा है। मैं सारागोसा इलाके में सड़कों का निरीक्षक हूँ, जो स्पेन की एक प्राचीन रियासत अरागोन का हिस्सा है। अपने खाली वक़्त में मैं किताबें लिखता हूँ। एक विद्यार्थी की हैसियत से मैंने एक वज़ीफ़े पर सड़कों और पुल बनाने की पढ़ाई करते हुए कुछ वर्ष देल्फ़्त में बिताए थे और अच्छा होगा कि मैं यह फ़ौरन कह दूँ कि उत्तरी हॉलैंड ने हमेशा मुझमें भय पैदा किया है, एक ऐसा भय जिसे मोटे अक्षरों में लिखा जाना चाहिए, जैसे वह उन मौलिक तत्त्वों में से एक हो जिनसे पृथ्वी का सारा जीवन निर्मित हुआ है, जैसे कि प्रारंभिक प्राकृतिक दार्शनिकों के उपदेशों में जल और अग्नि। इन मोटे अक्षरों से ऐसी भावना जुड़ी हुई है जैसे कोई एक काली टंकी में डाल दिया गया हो, जिससे निकल पाना कोई आसान काम नहीं है।

मुझमें यह भावना ठीक-ठीक किसने जगाई थी यह मैं नहीं जानता लेकिन इसका संबंध कुछ-न-कुछ वहाँ के प्राकृतिक दृश्य और लोगों से था। रेगिस्तान की तरह उत्तरी परिदृश्य भी एक चरमता का अहसास दिलाता है। यही है कि इस मामले में रेगिस्तान हरा है और पानी से भरा है। कहीं कोई आकर्षण, गोलाइयाँ, घुमाव नहीं

हैं। जमीन सपाट है, लोगों को उघाड़ती हुई और यह समूचा दिखना उनके व्यवहार में प्रतिबिंबित होता है।

डच लोग सिर्फ़ मिलते नहीं हैं, वे एक-दूसरे का सामना करते हैं। वे अपनी चमकदार आँखों को दूसरे आदमी की आँखों में गड़ा देते हैं और उसकी आत्मा को तौलते हैं, कहीं छिपने की जगह नहीं होती। उनके घरों तक को वैसा नहीं कहा जा सकता। वे अपने पर्दों को खुला छोड़ देते हैं और इसे एक सद्‌गुण समझते हैं। मैंने उनकी विचित्र भाषा सीखने का कष्ट उठाया था, जिसमें कटु ध्वनियों की बहुतायत है जिनके लिए गले के ऊपरी हिस्से का काफ़ी ज़्यादा इस्तेमाल किया जाता है। मैं सोचता हूँ कि यह उन ख़राब स्थितियों के कारण हुआ होगा, जैसे कटे हुए पुश्ते, पूर्वी हवाएँ और बर्फ़, जो उन्हें अतीत में सताया करती थीं।

मुझे यह जल्दी पता चल गया कि वे किसी विदेशी द्वारा अपनी भाषा बोले जाने को गिरी हुई चापलूसी समझते थे और मुझसे एक बिल्कुल अलग, तीसरी भाषा में बोलना पसंद करते थे। मैं इसकी वजह कभी भी ठीक से समझ नहीं पाया लेकिन ऐसा मानता हूँ कि इसका संबंध संकोच और उदासीनता की मिली-जुली भावना से है।

वजह जो भी हो, मैंने उनके देश के उत्तरी हिस्से में कभी बहुत सुकून महसूस नहीं किया; इसके विपरीत, मैं अपने वतन लौटते समय ज़िंदा होने लगता था, तब जब राइन घाटी के बीच से गाड़ी चलाते हुए मैं दूर उन पहाड़ों की पहली हल्की नीली रूपरेखाएँ देखता जो ठंढे, सपाट उत्तरी इलाके को उन ज़्यादा बीहड़ इलाकों से अलग करते थे जिन्हें डच लोग दक्षिणी हॉलैंड या 'नेदरलांद' कहते हैं। क्योंकि हालाँकि मैं मुश्किल से उन बोलियों को समझ सकता था जो ऊँचे दर्रों में बोली जाती हैं, और वहाँ रहनेवाले कुछ नाटे, कुछ ज़्यादा गहरे रंग वाले लोग उत्तर में रहने वाले अपने अधिक प्रबुद्ध हमवतनों सरीखी शक्ल वाले नहीं हैं, फिर भी मुझे वहाँ घर-सरीखा लगता था। दक्षिण में जीवन पर कम क़ानून और प्रतिबंध थे, और हालाँकि संघराज्य की केंद्रीय सरकार एक सख़्त नियंत्रण रखने की कोशिश करती थी, वह केवल आंशिक रूप से सफल थी। ज़्यादा दूरियों के कारण, निवासियों के स्वतंत्र व्यक्तित्व, तथा अपने शासकों के प्रति उनकी स्वाभाविक चिढ़ की वजह से उत्तर में उन्हें दूसरे दर्ज़े के नागरिक समझा जाता था, कई बार उनके उच्चारण के कारण उनकी खुल्लमखुल्ला हँसी उड़ाई जाती थी और अक्सर उन्हें ज़्यादा निचले कामों के लायक ही समझा जाता था जो उन्हें अपनी ग़रीबी की वजह से लेने ही पड़ते थे। ऐसी चीज़ें सालती हैं।

इसके उलटे, अधिकांश उत्तरवासी – कुछ कलाकारों को छोड़कर – दूर दक्षिण में उतने ही दुखी रहते थे। वहाँ सरकारी मुलाज़िम एक-दूसरे का साथ चाहते थे, 'अँधियारे दक्षिण' की, बर्बरों और भ्रष्टाचार की, एक बेवकूफ़ और अराजक भीड़ की बात करते थे। क्योंकि वे अपनी दमघोंटू ज़्यादा घनी आबादी और उससे उपजने वाले ज़रूरी सामाजिक नियंत्रणों के आदी थे इसलिए वे अकेलापन महसूस करते थे और अपने दिलों में डरे हुए थे। वे ऐसा कहते थे कि हेग का केंद्रीय प्रशासन, राष्ट्रीय सरकार, उनकी सुरक्षा की हमेशा गारंटी लेने में सक्षम नहीं था; ऐसा आरोप था कि कुछ इलाकों पर गिरोहों का राज था, और वसूली का खूब चलन था। इसके अलावा, दक्षिण में सिर्फ़ सस्ती शराब और फल होते थे, और वह मात्र सरकारी पैसे पर चलता था। सच तो यह है कि उत्तरी औद्योगिक शहरों को सस्ती मज़दूरी मुहय्या करने के अलावा उसका कोई उपयोगी उद्देश्य नहीं था– उन शहरों में ये दक्षिणवाले भूतपूर्व मलिन बस्तियों में बस जाते थे और स्थानीय निवासियों द्वारा आधे दिल से बर्दाश्त किए जाते थे, उस वक़्त तक जबकि किसी आर्थिक मंदी के दौरान यह आवाज़ न उठने लगे कि उनकी बदबू और शोर-शराबे के साथ उन सबको उसी जंगली जगह पर वापस भेज दिया जाए जहाँ से वे आए थे। फिर भी, राष्ट्रीय सरकार बढ़ते हुए अलगाववादी आंदोलन पर पैनी निगाह रखती थी।

2

मैं तो दक्षिण को चाहता था। हो सकता है इसका संबंध उस इलाके से हो जहाँ का मैं ख़ुद हूँ, हालाँकि दक्षिणी नेदरलैंड के नज़ारे स्पेन के मेरे प्रदेश से नहीं मिलते, जो अनंत काल से अरागोन कहलाता रहा है। दक्षिण ज़्यादा अँधियारा है, छिपे हुए कोनों से भरा हुआ, किसी ऐसे पुराने उकेरे हुए चित्र की तरह जिसे बहुत ज़्यादा स्याही से छापा गया हो। उसमें उफनती हुई नदियाँ हैं और ज़बर्दस्त, अनमने जंगल हैं। उत्तर से विपरीत, अरागोन सपाट नहीं है हालाँकि वह चौड़ा और खुला, कभी-कभी लगभग चमकदार है। उत्तर के हरे, आत्मतुष्ट, पालतू दृश्यों से मुझमें एक दुख-भरी ऊब पैदा होती थी जिसकी बराबरी वह हिक़ारत ही करती थी जो मैं उसके निवासियों के प्रति उनकी बेफ़िक्री और बेलगाम लालच, और जिस पाखंड से वे इन दोनों को छिपाते थे, उसकी वजह से महसूस करता था।

दक्षिण के लोग ज़्यादा करख़्त थे लेकिन ज़्यादा आज़ाद भी, ठीक जैसे उनके प्राकृतिक दृश्य ज़्यादा रूखे और वीरान थे। जो दूसरों को उचाट करता था वह मुझे खींचता था। दक्षिणी पठार मेरा चहेता मंज़र था। आलसी पत्रकार उसे हमेशा चंद्रमा का दृश्य कहते थे लेकिन मैंने अब तक किसी ऐसे चंद्रमा के बारे में नहीं सुना है जहाँ आप एक दौड़ती हुई पहाड़ी धारा के पास सख़्त पथरीले दूहों से बनी हुई एक गुफा-जैसी जगह में आसरा पाकर सो सकते हों। यात्रा करना प्रागैतिहासिक-सा था लेकिन साहसिकताओं-वाला, और स्थानीय अधिकारी आपके वास्ते इतनी डच जानते थे कि आप उन्हें अपनी बात समझा सकें। जिन उत्तरवासियों से आप वहाँ मिलते थे वे हमेशा शिकायत करते रहते थे कि यहाँ डबलरोटी सफ़ेद नहीं मिलती, डाकघर गंदे थे, टेलीविज़न साफ़ दिखाई नहीं देता—मानों ये सब दुखी होने की वजहें हों। उनकी शिकायतें ख़त्म होती ही नहीं थीं : बहुत सारे कार्यक्रम क्षेत्रीय बोलियों में प्रसारित होते थे, स्थानीय पुलिस भ्रष्ट थी, उत्तर की ख़बरें दक्षिणवासियों को दिलचस्प नहीं लगती दिखती थीं, और कई कस्बों के नगरपालिका अध्यक्षों से अपने दफ़्तरों

में महारानी की तस्वीर लटकाने की ज़हमत नहीं उठवाई जा सकती थी। वहाँ के जाहिल लोग समुद्र की बात करते वक़्त 'मारे' की बात करते थे, अपने सीमा-रक्षकों को 'वाक्खर' कहते थे और अपने नन्हे-मुन्नों को 'वाल्केबांदे' में लिटाते थे; लेकिन ये शब्द उस वक़्त ख़त्म होते जा रहे थे जिसकी यह कहानी है, इस वजह से उतने नहीं कि केंद्रीय प्रशासन उन्हें सायास दबा रहा था, बल्कि इसलिए कि रेडिओ और टेलीविज़न का असर बढ़ रहा था।

जो कुछ लोग इस पर अफ़सोस जाहिर करते लगते थे वे उत्तर के मुट्ठी-भर कवि थे, जिन्हें ऐसा विश्वास था कि ऐसे शब्दों और मुहावरों में भाषा की समूची आत्मा सुरक्षित रहती है, लेकिन, हमेशा की तरह, किसी और ने इसकी पर्वाह न की। खुद अपने बीच दक्षिणवाले इन शब्दों को बरतते रहे, हालाँकि एक ख़ास तरह की नक़ली शर्म उन्हें उत्तरवासियों के सामने ऐसा करने से बरजती रही। परिणामस्वरूप दोनों समूहों के बीच संबंध हमेशा कुछ बनावटी रहे और बेशक़ किसी असली राष्ट्रीय एकता का कोई प्रश्न ही नहीं था। देश को नेदरलैंड की राजशाही कहा जाता था लेकिन वे लोग जो पहाड़ों में ग़रीबी में रहते थे और जिन्होंने समुद्र को कभी देखा न था, सोच नहीं पाते थे कि इन शब्दों के साथ किन भावनाओं का संबंध बैठाल सकें।

उत्तरवासी, जो दक्षिण में सुसंगठन के सम्पूर्ण अभाव पर कुड़कुड़ाना कभी बंद नहीं करते थे, उसी वक़्त उस संगठित अपराध-तंत्र की शिकायत भी करते थे जिससे वहाँ कोई भी प्रभावशाली शासन-तंत्र असंभव बना दिया गया था। दक्षिण का प्रतिनिधित्व करनेवाले सांसद "सारे के सारे घूसख़ोर और भयानक गिरोहों के चाकर" थे, और हालाँकि इससे इन्कार नहीं किया जा सकता कि सरकारहीन दक्षिणी क्षेत्रों में ऐसी चीज़ें होती थीं जो उत्तर की तीखी, खोजी रोशनी को बर्दाश्त नहीं कर सकती थीं, लेकिन मैं फिर भी अपने समूचे दिल से उस उपद्रवी, बेसलीक़ा इलाके को चाहता था, भले ही सिर्फ़ इसलिए कि मैं वहाँ नेक इरादों की उस आबहवा से अपना दम घुटता महसूस नहीं करता था जो उत्तर को असह्य बनाती थी। मुझे लगता है कि मुझे इसके लिए अपने स्पानी मूल का अहसानमंद होना चाहिए।

दुनिया का तमाम होना वहाँ बाद में आएगा और मुझे यक़ीन था कि वह ठुनककर नहीं होगा। मैं कुदरतन कोई छिछोरा आदमी नहीं हूँ लेकिन मुझे ऐसा लगा कि पहाड़ों के उत्तर के पालतू मानवीय प्राणीघर में सुधार के परे कुछ गड़बड़ हो गया था। वे लोग जो अपने जीवन पर बहुत ज़्यादा नियंत्रण रखना चाहते हैं वे अमर होने की एक नक़ली लालसा से पीड़ित रहते हैं, और उससे कभी भी कुछ भला नहीं हुआ है।

3

जो कहानी मैं बताना चाहता हूँ वह बहुत पहले नहीं हुई थी, और है वह एक अजीब कहानी। मैं अपनी कहानियाँ ख़ास तौर पर अपने को ही सुनाता हूँ और मैं ऐसा सोचता हूँ कि मेरे दूसरे काम ने, जिससे मैं अपनी रोज़ी कमाता हूँ, मुझे वैसा कर पाने में मदद की है। कहानियाँ लिखने और सड़कें बनाने में एक समानता है : आप किसी वक़्त कहीं न कहीं पहुँच ही जाते हैं। यह विचार मुझे एक दिन आखुएरोन के पास कालातायुद से कारिन्येना जाने वाले मार्ग सी 221 पर आया। मेरे मातहत शिकायत करते हैं कि यह स्पेन का सबसे ज़्यादा निरीक्षण किया गया मार्ग है, और इसमें, जैसा कि दक्षिण के लोग कहेंगे, सचाई का एक कुंदा है, हालाँकि एक सड़क और है जिसे मैं और भी ज़्यादा चाहता हूँ। लेकिन यह विचार मुझे सी 221 पर आया और वे समानताएँ और कहीं भी स्पष्टतर नहीं हैं। यह सड़क ऊँची ज़मीन पर चलती है और दुनिया दोनों तरफ़ फैली हुई होती है, आप एक विस्तृत दृश्य देख सकते हैं, जो एक लेखक को करना चाहिए। धातु के भीमकाय खंभे, जो पाँच या छः बहुत मोटे और लम्बे तारों से जुड़े होते हैं, ऐसा आभास देते हैं मानों वे दुनिया को, या कहानी को इकट्ठा थामे हुए हों। मार्ग-संकेत आगे आनेवाले किसी झरने की घोषणा करते हैं—पाठक जहाँ रुक सकता है—या सड़क की निचाई या किसी और संकट की। ऐसी जगहों पर बेहतर होगा कि पाठक चौकन्ना रहे। लेखक को उसे सड़क से नीचे लुढ़कने नहीं देना चाहिए, हालाँकि मैं जानता हूँ कि ऐसे लेखक भी हैं जो ठीक यही करना चाहते हैं। शायद मैंने इतने ज़्यादा हादसे देखे हैं कि मैं उनमें से एक नहीं होना चाहता।

मैं पैंसठ का नहीं हुआ हूँ, ठीक-ठाक तगड़ा हूँ और ज़्यादातर ख़ुशमिज़ाज़ हूँ। लिखने के अलावा मेरी एकमात्र विचित्रता यह है कि मैं हमेशा नीले कपड़े पहनता हूँ। लेकिन इसका कोई महत्त्व नहीं है इसका मुझे अहसास है इसलिए अपने बारे में मैं और कुछ नहीं कहूँगा। मैं एक दृश्य को एक पुस्तक की तरह पढ़ सकता हूँ,

दरअसल मैं यही कहना चाहता था। शायद इसका संबंध लेखकों की कथित सर्वशक्तिमत्ता से, जैसी वे चाहते हैं वैसी दुनिया बना पाने की कूवत से है।

एक असली भूदृश्य में यह पहले ही हो चुका था। सी 221 पर चलते हुए करीब आधे रास्ते पर, उदाहरणार्थ, सड़क की बायीं ओर काफ़ी नीचे, एक कब्रिस्तान का चौकोर आकार गंदी लाल मिट्टी को काटता था। उसमें कुछ ऐसा है जिसे अस्वीकार नहीं किया जा सकता : एक यात्री की हैसियत से आपके पास इसे, मृत्यु के लिए आरक्षित इस पट्टे को, स्वीकार करने के अलावा कोई और चारा नहीं है। मुझे लगता है कि कुछ ऐसा ही एक पाठक के साथ होता है। एक किताब एक दस्तावेज़ होती है और इस दस्तावेज़ में अचानक *मौत* शब्द ले आया जाता है, हालाँकि बेशक़ आप चाहें तो उसके बारे में कोई भी ख़यालात रख सकते हैं। लेकिन मैं अपनी कहानी आगे बढ़ाऊँ। उसमें कई मोड़ हैं, अरागोन की ज़्यादातर सड़कों की तरह; कभी आपको चढ़ना पड़ता है और लिहाज़ा दूसरे वक़्तों पर उतरना पड़ता है, क्योंकि ज़मीन के चढ़ाव और उतार पर मेरा बहुत ज़्यादा ज़ोर नहीं चलता—वह मेरी कूवत में नहीं आता, सड़क की सतहों और ढलानों के ख़िलाफ़ यदि अफ़सरों का बस चले तो सड़कों के किनारे हँसिये से काटे जाएँ—छोटी सड़कों पर हम अब भी हँसिये का इस्तेमाल करते हैं—लेकिन यहाँ-वहाँ, उन जगहों में जिन्हें मैं खुद बताता हूँ, मैं हमेशा आदेश देता हूँ कि जितने संभव हों उतने फूल छोड़ दिए जाएँ। यह कोई बहुत महत्त्वपूर्ण मार्ग नहीं है, मंत्रीगण यहाँ से नहीं गुज़रते और निरीक्षक का निरीक्षण करने के लिए कौन है?

मुद्दे पर आएँ। मेरे ये भटकाव उपयोगिता से रहित नहीं हैं। मैं पहले ही कह चुका हूँ कि मेरी कहानी का इलाका क्या है, और वह अपने आप में काफ़ी जटिल था क्योंकि बहुत कम लोग उस जगह को जानते हैं, हालाँकि इसमें मेरा कोई कुसूर नहीं है। लेकिन उस कहानी का विषय—संपूर्ण सौंदर्य और संपूर्ण आनंद – ऐसा नहीं है कि जिसके बारे में मेरे कई प्रसिद्ध सहकर्मी लिखना चाहेंगे। लेकिन यही विषय है जिसे लेकर यह कहानी है। यह इसी से शुरू और ख़त्म होती है, कम से कम अब मैं यही सोचता हूँ। आप देखिए, कि जब मैं शुरू करने वाला हूँ तो अचानक अपने सामने सी 221 का एक हिस्सा देख रहा हूँ, काफ़ी सीधा, जो नुएस्त्रा सेन्योरा दे लास विन्यास के पास है। मैदान, रुपहले जैतून के दरख़्त, मिट्टी पर हल्के धब्बे, जैसे यहाँ भी कोई जंग लड़ी गई हो, जैसे कि वेर्दून में, और बेशक़ यहाँ भी लड़ी गई है। यह धब्बे हमें अशुभ का स्मरण दिलाने के लिए हैं।

खच्चर पर सवार एक आदमी आता है। बेंत की टोकरियाँ, मिट्टी के बर्तन दोनों तरफ़, एक कुत्ता। हो सकता है वह सारे दिन सड़क पर चला हो, स्वर्ग से एक आकृति की तरह, और यही मेरी कहानी के मुख्य पात्र भी थे। थे नहीं, हैं, लेकिन जब कहानी शुरू हुई तो वे अम्स्तर्दम के दक्षिणी बाहरी इलाके में फ़्लैटों की ऊँची इमारतों के एक नये उपनगर बीय्लमर में रहते थे और उनके नाम काइ और लूसिआ थे।

संपूर्ण आनंद की धारणा को आप कैसे प्रवेश करवाते हैं? परेशान मत करो, डामर गर्म और गीला है। उस पर सड़क एंजिन चलाओ! काइ और लूसिआ पूरी तरह से खुश थे...

अब कोई कहेगा कि उन लोगों के बीच संपूर्ण प्रसन्नता जैसी कोई चीज़ नहीं हो सकती जिनके सामने बुढ़ापे, बीमारी और मृत्यु की संभावना हो, लेकिन आप इसे दूसरी तरफ़ भी घुमा सकते हैं। जो खुद को ऐसी संभावना से परेशान नहीं होने देता वह संपूर्ण आनंद के मार्ग पर बहुत आगे बढ़ चुका है। मैं जानता हूँ कि यह अवधारणा लोकप्रिय नहीं है और हमारे समय की छवि से मेल नहीं खाती, लेकिन इसका कोई इलाज नहीं है। सादा बात तो यह है कि यही सच था। संपूर्ण आनंद, संपूर्ण दुख और उसके समीप पहुँचती किसी भी वस्तु की तरह, सोचने में बहुत भयानक है और इसके अलावा, भले ही मैं कभी यह कहना न चाहूँ कि संपूर्ण आनंद का अस्तित्व कभी कुरूप लोगों में नहीं हो सकता, यह मानना पड़ेगा कि स्तरों में बँटा हुआ एक पैमाना तार्किक रूप से होगा जिसके अनुसार संपूर्ण सुंदर लोगों में संपूर्ण प्रफुल्लता और भी अधिक असह्य है। काइ और लूसिआ के साथ यही मामला था। वे, जैसा कि दक्षिण में कहा जाता है, 'ब्लामेलेस' थे, उनमें कोई भी किसी दोष की बात नहीं कर सकता था, संक्षेप में वे सौंदर्यात्मक दृष्टि से किसी भी शिकायत से परे थे। एकमात्र चीज़ जो संभवतः अस्वीकृत की जा सकती थी, उन दोनों को एक बार देख लेने के बाद, और अक्सर दरअसल की भी जाती थी, वह थी स्वयं सौंदर्य की अवधारणा।

लोग सुंदर हो सकते हैं, लेकिन जब बिल्कुल कोई दोष न खोजा जा सके, जब सड़क पर उनसे मिलते वक़्त आदमी इस तरह अपनी राह में रुक जाए कि उस पर बिजली गिर पड़ी हो, तब संपूर्ण सौंदर्य एक ऐसा माप बन जाता है जिससे आदमी खुद अपनी अपूर्णताएँ नापने लगता है, और किसी को भी यह अच्छा नहीं लगता।

4

क्योंकि हमारा निर्माण यूरोपीय साहित्यिक संस्कृति की रूढ़ियों से हुआ है इसलिए एक अकेले लेखक के लिए अपनी कल्पना को सक्रिय कर पाने का बहुत कम अवकाश है; जब से लेखन का प्रारंभ हुआ है, शब्दावली नियत हो चुकी है। लूसिआ के केश, निस्संदेह, सुनहरे थे ('होनीसाइमे', मधु की मज्जा की तरह, जैसा कि बाद में दक्षिण में किसी ने कहा था)। उसकी आँखें ग्रीष्म के आकाश की तरह साफ़ नीली थीं, उसके होठ चेरी की तरह लाल थे, उसके दाँत दूध जैसे सफ़ेद। कोई भी जो दूसरे शब्द सोचने की कोशिश करेगा पागल है। संस्कृति एक कूटभाषा है। वह देश जहाँ आड़ू नहीं होते, अभागा है। क्योंकि वहाँ के लोग नहीं जान पाएँगे कि लूसिआ की त्वचा का वर्णन कैसे करें। कोई भी दूसरी तुलना अपर्याप्त होगी क्योंकि उसमें खाने का संकेत नहीं होगा। लूसिआ की त्वचा को देखकर मर्दों और औरतों में बराबरी से वह गुप्त नरभक्षी जाग उठता था जो हमारी आत्माओं की प्रागैतिहासिक दलदली मिट्टी में दुबका रहता है। उसके शरीर के परिमान संपूर्ण सामंजस्य में थे, एक ऐसे स्वर्णिम नियम के अनुसार जो उस कारण स्वयं अपनी कसौटी बन गया था। एक फ़ारसी कवि ने एक बार स्त्रियों के स्तनों को 'जन्नत के माहताब' कहा था। इससे यह प्रश्न उठता है कि क्या संपूर्णता के विभिन्न रूपाकारों का अस्तित्व है, क्योंकि यह बिंब मुझे भारतीय मंदिरों पर बनी लुभावनी मूर्तियों का अधिक स्मरण दिलाता है बजाय वीनस दे मिलो के, जो उनकी छाया से अधिक कुछ भी नहीं है। फिर भी वीनस के समीपतर रहना ही श्रेस्कर है—बहुत अधिक ऐंद्रिकता संपूर्णता की अवधारणा से असंगत लगती है। शायद हमें, क्योंकि हम एक अवधारणा से दो-चार हो रहे हैं, आल्बेर्ती और लेओनार्दो जैसे कलाकारों के अमूर्तनों की पड़ताल करनी चाहिए जिन्होंने मानव-शरीर को परस्पर काटती रेखाओं पर बनाया है। मैं लेओनार्दो के उस विख्यात चित्र का उल्लेख कर रहा हूँ जो एक (सौंदर्य वाले) सलीब पर लटका हुआ लगता है जबकि उसके पैर और हाथ कई दूसरी मुद्राओं में उसके आसपास फैले हुए

होते हैं। शरीर का दैवीकरण, साथ में प्रकृति और अवधारणा भी, एक ऐसा *दोषहीन* शरीर जिसके सामने प्रत्येक जीवित शरीर अपूर्ण लगने ही वाला था, भले ही केवल आत्म-रक्षा के कारण—निस्संदेह यह असह्य है।

अपने काम की वजह से मैं संपूर्णता के कुछ स्वरूपों का आदी हूँ। मेरे काम का एक हिस्सा गणित पर आधारित है, जिसका उच्च अध्ययन आदमी को महान काव्य की ऊँचाई खोजने का अवसर देता है, उसके पहले से न बताए जा सकने वाले और, सच कहें तो, अँधियारे मानवीय पहलू को छोड़कर। दूसरी तरफ़, हम यहाँ प्रमेयों की चर्चा नहीं कर रहे बल्कि दो जीवित प्राणियों की चर्चा कर रहे हैं, जिन्हें मैं यहाँ सारोगोसा में अपनी कक्षा में वर्णित कर रहा हूँ।

मैं यह कहने की ज़रूरत महसूस कर रहा हूँ कि मेरे अस्तित्व की यही एक विलासिता है। मैं अपनी छुट्टियाँ अकेले बिताता हूँ, अपने परिवार से दूर, लिखने के लिए, एक ऐसी मूर्खता जिसके लिए, जैसे-जैसे मैं और बूढ़ा होता जा रहा हूँ, मैं और आसानी से माफ़ कर दिया जाता हूँ क्योंकि मेरे आसपास के लोगों की बहुत ज़्यादा दिलचस्पी मेरे अजीब व्यक्तित्व में नहीं है।

सारागोसा के एक उपनगर के एक प्राथमिक विद्यालय में मेरा भाई प्रधान अध्यापक है और अगस्त के महीने में, जब बेतहाशा गर्मी की वजह से शहर सूना हो जाता है, स्कूल मेरे हवाले कर दिया जाता है। मैं मानता हूँ कि यह कुछ हास्यास्पद है लेकिन कोई मुझे परेशान नहीं करता और न मैं किसी को परेशान करता हूँ। मेरी पुस्तकें, यदि आप उन्हें वह कहना चाहें तो, अस्तूरिआस की राजधानी लेओन का एक छोटा प्रकाशन-गृह छापता है, मेरे अपने प्रदेश का कोई नहीं। मेरी पत्नी और बेटे उन्हें कभी नहीं पढ़ते, और उनपर जो भी थोड़ी-सी प्रतिक्रियाएँ मिल पाई हैं वे स्पेन के प्रादेशिक अखबारों में सबसे छोटे टाइप में छपी हैं। यह मेरे लिए काफ़ी है। इससे कुछ भी ज़्यादा से ऐसे तक़ाज़े पैदा होंगे जिनके बग़ैर, काइ के अपने वर्णन में, अगर मेरे दिमाग़ में आई पहली चीज़ का ज़िक्र करूँ तो, मेरा काम बख़ूबी चल सकता है।

मुझे हमेशा हैरत होती है कि दूसरे लेखक—क्योंकि मैं निस्संदेह एक लेखक हूँ— कैसे अच्छी या बुरी समीक्षाओं के बाद भी लिखते चले जाते हैं, लेकिन अपन काइ पर लौटें। यदि कोई कम्प्यूटर किसी वैज्ञानिक के रूप में होता और उससे कहा जाता कि नारी शरीर के संपूर्ण पूरक की गणना करो और रचो, तो जो परिणाम निकलता वह काइ ही होता। कभी-कभी जब काइ और लूसिआ साथ-साथ चलते या, दूसरों को कम दिखते हुए, जब वे बिस्तर में एक-दूसरे की बग़ल में, नीचे या ऊपर लेटे होते तो वे एक जीवित शिल्प जैसे लगते जिस पर रिनेसाँ के पुनर्जागरण काल

को ज़्यादा पसंद करने वाला कोई विद्वान उत्सुक विद्यार्थियों की कक्षा को, यदि ऐसी कोई चीज़ होती हो तो, संपूर्णता की रेखाओं को एक से दूसरी में दौड़ती हुई दिखा सकता था। क्योंकि यह अजीब बात है : वे कोई भी चीज़ बेमेल कर ही नहीं सकते थे। वे कैसी भी मुद्रा बनाएँ, अपने को साथ-साथ या अलग-अलग कैसी भी स्थिति में रखें और संपर्क के किसी भी बिंदु पर रखें, उनका सौंदर्य अपरिहार्यता से बढ़ जाता था। इसके पीछे कोई नियम होना चाहिए, जो मैं खोजने में असमर्थ रहा हूँ। संक्षेप में, और मुझे उम्मीद है कि मैं इस शब्द का लगभग आख़िरी बार इस्तेमाल करूँगा, वे एक जोड़ी की तरह संपूर्ण थे, तब भी जब वे एक-दूसरे से सौ या ज़्यादा मीटर दूर होते थे, जो इस कहानी में महत्त्वहीन नहीं है, भले ही सिर्फ़ इसलिए कि उसने एक असंभव कामना को उकसाया और लिहाज़ा ईर्ष्या को।

काइ की मांसपेशियाँ उन दो काँसे की मूर्तियों जैसी थीं जो इस लगभग बीत चुकी सदी के सातवें दशक में कालाब्रिआ में रिआचे के पास के समुद्र की तलहटी से एक ऐसे आदमी ने खींच निकाली थीं जिसने यह समझा होगा कि वह पागल हो गया है। क्योंकि कल्पना कीजिए : आप पानी के नीचे समुद्री सेवार और विचित्र मछलियों के बीच बधिरों की उस चुप्पी में तैर रहे हैं जो वहाँ राज करती है, और अचानक आप देखते हैं, ठीक आपके सामने, पहले ही इतने अद्भुत समुद्री फ़र्श पर, पुराने लोकप्रिय छापा-चित्रों में बनाई गई-सी उजाले की शहतीर के तले, दो विराट पुरुष मूर्तियाँ, आकार इतना बड़ा कि वे मानवीय हो नहीं सकतीं, एक लुप्त नस्ल के दो संपूर्ण शव, रहस्यमय ढंग से सुरक्षित, समुद्र के तले सोये हुए। ग़ोताख़ोर सतह पर आया जहाँ दुनिया का हवा का बुलबुला फूट पड़ा, उसने अपने सपने सरीखे दृश्य का वर्णन किया और मूर्तियाँ ऊपर खींच ली गईं, इतिहास की सबसे सुंदर मानव-छवियाँ।

हर आदमी हार्मोनों के इंजेक्शन ले-लेकर सुता हुआ बदन बनानेवाले शरीर-सौष्ठव प्रतियोगियों के भयावह चित्रों को जानता है—मांसपेशियों की चमकदार गठानें, जैसे आदमी के शरीर पर बाहर से चिपकाए गए किसी कैंसर के विचित्र, बोंडी-सरीखे रूप, उस पूर्णता की भोंडी नक़ल जिसे कभी देवताओं ने स्वयं के लिए आविष्कृत किया था। ठीक उस अवधारणा और उसकी बीसवीं शताब्दी की अतिरंजना की अपरिभाषेय सीमारेखा पर काइ के शरीर ने और विकसित होना बंद कर दिया था, क्योंकि वह जानता था कि उसके बाद वह फूहड़पन शुरू हो जाएगा जो शारीरिकता को तूल देने से होता है, जिसके कारण सामान्य सुंदर लोग भी इतने उबाऊ लगने लगते हैं। केवल कलाकार ही संपूर्णता का सच्चा मापदंड जानता है, भले ही वह उसे सिर्फ़ एक आदर्श

के रूप में प्रयोग करता है जिसके मुकाबले वह नकार और विरूपण के ज़रिए स्वयं को माप सके। काइ की आँखों का रंग उस अंशतः वर्णनातीत स्लेटी और उत्तरी सागर के जल के रंग के बीच का था, सख़्त लेकिन साथ ही बहता और दमकता हुआ। यदि लूसिआ के केश उतने उजले थे जितना कि सुनहरा गेहूँ तो काइ के बाल मध्य युग से ही कौए के पंख के रंग के थे, इतने काले कि आँख उनमें एक बैंगनी चमक खोज सकती थी।

यदि उनमें एक आंतरिक भोलापन न होता, या शायद एक सादगी-भरा दब्बूपन, तो राहगीरों की प्रशंसा-भरी निगाहें उन्हें कभी का आत्म-मुग्ध और नखरैल बना चुकी होतीं, या बदतर, उन्हें एक चालू ख़ूबसूरती में बदल देतीं, लेकिन वे इस क़दर एक-दूसरे में रमे हुए थे कि दूसरों की प्रतिक्रियाएँ मुश्किल से देख पाते थे, न तो निःश्वास प्रशंसा और ललक, न ईर्ष्या और उसकी अँधियारी सहेली घृणा।

उनकी पहली मुलाक़ात उस सर्कस में हुई थी जहाँ उनके माता-पिता काम करते थे, काइ का पिता घुड़सवार की तरह और लूसिआ के माँ-बाप ऊँचे झूले के कलाकारों की हैसियत से। वे फ़ौरन जान चुके थे कि वे एक-दूसरे से मुक्त नहीं हो पाएँगे, कि उसका प्रेम बदा हुआ था, शाश्वत, और वे कभी भी विलग नहीं किए जा सकेंगे। उन्हें कभी किसी दूसरे को ढूँढना नहीं पड़ेगा, क्योंकि एकमात्र संभव दूसरा पहले ही उपस्थित हो चुका था, यानी—हालाँकि यह वाक्य अब अव्याकरणसम्मत हो सकता है—वे स्वयं।

5

संपूर्ण सौंदर्य की धारणा दूसरे अमूर्त गुणों के विचार को भी सुझाती है। जो भी हो, उस लिहाज़ से नियति ने काइ और लूसिआ के साथ संयम का व्यवहार किया था। ऐसा कुछ भी नहीं था जिसमें वे विशेषतः प्रवीण थे, और चूँकि उनमें कुछ भी बहुत विशिष्ट सोच पाने की कल्पना की कमी थी, यह अभाव, यदि उसे वैसा कहा जा सकता है तो, उन्हें परेशान नहीं करता था। जन्म से ही सर्कस उनका संसार था और यह स्वाभाविक था कि वही वैसा रहता। काइ ने कभी सर्कस का जोकर बनना चाहा था लेकिन उसमें अतल उदासी और अंतर्मुखी आदर्शवाद और बहिर्मुखी आत्म-घृणा के बीच उस भयानक संतुलन की कमी थी जो विदूषकों के पेशे की पहचान है, इसलिए उसका कुछ बन नहीं पाया। एक जोकर को हमेशा अपने शरीर को अपंग, भ्रष्ट और बदशक्ल करना पड़ता है, लेकिन काइ जिस शरीर में रहता था वह हर अंग-भंग के बाद भी चमकता रहता, इसलिए वह उस आँसू-भरी हँसी को उपजाने में अक्षम था जिसकी ज़रूरत एक जोकर को अपने अस्तित्व के लिए पड़ती है। लूसिआ के साथ भी कुछ ऐसा ही था। उसने संकल्प कर रखा था कि वह ऊँचे झूले यानी 'ट्रैपीज़' की कलाकार बनेगी लेकिन उसके शरीर में उस आंतरिक विरोधाभास की कमी थी जो दर्शकों को यह ख़याल बर्दाश्त करने की इजाज़त देता है कि ऊँचे झूले वाली कलाकार कभी-भी गिरकर मर सकती है। यह संभावना हमेशा छिपी रहती है और दर्शक के आनंद की पहली शर्त होती है, जिसमें यह भय और उम्मीद मिले हुए होते हैं कि ऐसा हादसा सचमुच होगा। जहाँ तक लूसिआ का सवाल है, कुछ दर्शकों में वह भय बहुत ज़्यादा था और कुछ दूसरों में दुर्घटना की आशा बहुत क्षीण थी। यह आशा उस तथ्य से उपजती है कि तमाशबीन जानता है कि ऊपर हवा में से कूदता हुआ आदमी दरअसल उड़ नहीं सकता। इसकी सज़ा होती है गिरना, और चमत्कार इसी तथ्य में है कि कोई गिरना नहीं होता।

लूसिआ के साथ अलग था। उसके माता-पिता ने उसे वह कला सिखाई थी और वह डरती नहीं थी, लेकिन जैसे ही दर्शक मौजूद होते, एक विचित्र, शायद रसायनिक, प्रतिक्रिया होती। उनमें से जो डरे हुए होते वे सचमुच नहीं चाहते थे कि वह शरीर, जिसकी अद्वितीयता वे तुरंत स्वीकार कर लेते और इसलिए खुद वैसा शरीर स्वयं पाने की असंभाव्यता भी, ख़ून और मल-मूत्र के एक क्षत-विक्षत मालीदे के रूप में ख़त्म हो, ख़ास तौर पर उनकी अपनी आँखों के सामने नहीं। जिन्हें हादसे की उम्मीद होती उनके साथ दूसरी समस्या थी। उन्हें यह विश्वास रहता कि जिसका ऐसा शरीर है वह सचमुच उड़ भी सकती होगी, और यह तथ्य कि वह शरीर कभी अगले झूले से या जिन्होंने उसे जन्म दिया था उनकी बाँहों से आगे नहीं उड़ता था, उनके लिए एक तीखी निराशा थी। जिसे सराहना होना चाहिए था वह ऊब में बदल गया, ख़ून और मौत का नज़ारा, जो कितना लुत्फ़ देता, बेमौज़ूँ हो गया और ऊब चिढ़ में बदल गई, जो एक ऐसी हालत थी जिसे कोई भी सर्कस मैनेजर ज़्यादा देर तक बर्दाश्त नहीं कर सकता था। सर्कस के बड़े तम्बू से परे जीवन बिताना भी उतना ही कल्पनातीत था और इसलिए काइ और लूसिआ अपने असली नामों के साथ सर्कस में नज़र बाँधने वाले जादूगरों का काम करने लगे जिन्हें अंग्रेज़ी में 'इल्यूज़निस्ट' कहा जाता है।

मैं समझता हूँ कि पाठक और कथानक के बीच एक बार फिर दख़लंदाज़ी करना अनुचित होगा। दूसरी तरफ़, मैं खुद कथावाचक हूँ, और ऐसे वक़्त आते हैं जब मैं इस कक्षा के कमरे का अकेलापन बर्दाश्त नहीं कर पाता, जहाँ मैं एक डैस्क में एक मोटे आठ साल के लड़के की तरह पिचका हुआ बैठा हूँ। बेशक़ मैं शिक्षक की कुर्सी पर भी बैठ सकता था लेकिन तब मैं ख़ाली कक्षा का सामना कर रहा होता, और मेरे लिए विद्यार्थी का दृष्टिकोण ही स्वाभाविक है—वर्ना मैं खुद शिक्षक बन गया होता। कोई जानता नहीं है, और फिर भी यह सच है कि एक अकेला आदमी, मेरी उम्र तक का भी, जब विश्वस्त हो जाता है कि उसे कोई नहीं देख रहा और चुप्पी की मात्रा असहनीय हो जाती है तो वह खेल खेलने लगता है। सारागोसा में अगस्त उतना ही बुरा है जैसे रेगिस्तान में साइकिल चलाना। गर्मी मुझे इतना परेशान नहीं करती, बल्कि जो शोर के लिए बनी है उस जगह चुप्पी, खिड़की से बाहर अजीब ढंग से ख़ाली पड़ा खेल का मैदान, और बच्चों से खाली ये डैस्क़ मेरे चारों तरफ़।

मैंने वह डैस्क ली है जो पुराने ज़माने में मेरी हुआ करती थी, दाहिने तरफ़ आख़िरी से दूसरी, और अगर आप वहाँ मुझे देख सकते तो समझ जाते कि मेरी किसी भी पुस्तक की समीक्षा 'एल पाइस' में क्यों नहीं हुई। बच्चे किताबें नहीं लिखते, बच्चे

खेल खेलते हैं, और मैं भी। ढूँढो और देखो। मैं ऐसा अभिनय करता हूँ जैसे मैं अपनी नीली, बड़ी छाया को दरवाज़े की तरफ़ सरका रहा हूँ जिसे खोलकर मैं एक और अधिक अमूर्त छाया को अंदर आने देता हूँ, जिस सजीव या निर्जीव वस्तु से मैं बात करता हूँ, हालाँकि बहुत कम।

मैं कथा-साहित्य बहुत कम पढ़ता हूँ, यद्यपि मैं ठीक-ठीक जानता हूँ कि देलीबेस और गोयतिसोलो और सेला और वे सारे लोग क्या कर रहे हैं। कविता मैं हमेशा अपने नज़दीक रखता हूँ, पेरे गिम्फ़ेर्तेर और अनिबाल नून्येस सरीखे युवा कवि तक भी। मैं डच साहित्य के बारे में ज़्यादा नहीं जानता, जिन दिनों मैं हॉलैंड में पढ़ रहा था तब मेरे पास ज़्यादा वक़्त नहीं था और यहाँ बेशक़ आप चाहें तो लगभग हर चीज़ ख़रीद सकते हैं। मैं मुल्तातुली की किताब 'विचार' बहुत ज़्यादा पसंद करता हूँ, हालाँकि वे विचार बहुत ज़्यादा डच नहीं हैं, और किसी की एक अजीब किताब और है, जो मुझे बताया गया है कि कोई भूगर्भशास्त्री है, एक कल्पनीय ईश्वर के बारे में। जिन दूसरी अधिकांश पुस्तकों को मैंने पढ़ा है वे मुझे यथार्थ की नकल लगती हैं, रोज़मर्रा ज़िंदगी के क़िस्से, और आप उन्हें किसी भी शराबख़ाने में सुन सकते हैं। मैं उनकी ज़्यादा पर्वाह नहीं करता। जब मैं हर पखवाड़े माद्रीद में अपने मंत्रालय में जाता हूँ तो हमेशा कोई डच अख़बार ख़रीदने की कोशिश करता हूँ। उनमें से ज़्यादातर ख़राब ही होते हैं लेकिन दो ऐसे हैं जिनकी गुणवत्ता की तुलना 'एल पाइस' से की जा सकती है। यहाँ फिर मुझे ख़याल आता है कि अपने तमाम सहीपन के बावजूद डच हमेशा चीज़ों को जैसी वे होती हैं उनसे अलग नाम से पुकारते हैं। इनमें से एक अख़बार निश्चयतः जनता के लिए नहीं है इसलिए उसे 'फ़ोल्क्सक्रांत' यानी 'जनता का अख़बार' कहा जाता है। दूसरा स्पष्टतः बुद्धिजीवियों द्वारा पढ़ा जाता है और उसे 'हांदेल्सब्लाद' यानी 'व्यापार समाचार' कहते हैं! मैं कभी-कभी पुस्तक समीक्षाएँ या लेखकों के साथ साक्षात्कारों को पढ़ता हूँ, और जो मुझे विचित्र लगता है वह है उनका आध्यात्मिक बनावटीपन। या तो वे गुप्त रोज़नामचे लिखते हैं जो फिर प्रकाशित हो जाते हैं, या ऐसी चीज़ें जो साफ़ तौर पर उन्हीं के बारे में होती हैं, लेकिन एक विशेष प्रकार की करुणा के बावजूद, वे कभी भी दैनंदिन जीवन के कूल-कगारों को डुबो नहीं पातीं। वे दावा करते हैं कि वे एक "चिह्न छोड़ जाना" चाहते हैं, मानों प्रूस्त ने पहले ही हमें यह सबक़ न सिखा रखा हो कि पुस्तकें, उनके लिखनेवालों की तरह, मर जाती हैं।

बाक़ी मुझे ब्राह्मणों की अद्वैत कविता अच्छी लगती है, और आष्टरबेर्क की कीमियागरी की छद्म-वर्णमाला, हालाँकि कभी-कभी मुझे उसे समझने में दिक़्क़त होती है। लेकिन मुझे असली प्रेम है दर्शन से, हालाँकि मैं अधिकाधिक यह संदेह करने लगा हूँ कि दार्शनिक असफल कवि होते हैं। प्रणालियों के लिए उनमें बहुत संवेदनशीलता होती है लेकिन, अफ़सोस, अक्सर भाषा को लेकर नहीं। जो जाले वे बुनते हैं वे मुझे अच्छे लगते हैं, हालाँकि मुझे लगता है कि वे हमेशा प्लैटो को ही अलग ढंग से लिख रहे हैं, और इसलिए, जब मैं देहाती इलाके के किसी सुदूर हिस्से में कहीं होता हूँ, और सारा प्रदेश अपनी दोपहर की नींद की मौत मरता रहता है, मैं बार-बार लगातार, वही पुराने 'संवाद' पढ़ता रहता हूँ जो मुझे कभी नहीं उबाते।

और क्या पढ़ता हूँ मैं? डायरियाँ, पत्र और सबसे बढ़िया, शब्दकोश। क्योंकि अगर हम ईमानदारी से माने : किसी सोचनेवाले बिचौलिए के हस्तक्षेप के बिना, भाषा स्वयं में अब भी महानतम संप्रेषक है। "तुम्हें याद है तुम क्या कहना चाहते थे?" ऐसे क्षण में मेरी पत्नी मुझसे पूछती है क्योंकि मेरी आदत भटकने की और फिर दौड़ते चले जाने की है। "तुम एक दरवाज़ा खोलने वाले थे, तुम किसी को अंदर आने देने वाले थे, है न?"

फिर आ गए भाषा पर। स्पानी में हम कहते हैं, "हाब्लार मास के ऊना उर्राका", एक मुटरी की तरह दौड़ना। मैं फ़न ख़ोर का स्पानी-डच शब्दकोश खोलता हूँ और देखता हूँ कि डच में 'उर्राका' 'एक्स्तर' कहलाती है। इसके बाद मुहावरा आता है, 'अंधी तूती की तरह दौड़ते चले जाना।' स्पेन और नेदरलैंड के बीच मैग्पाइ नामक चिड़िया फ़िंच जैसे पक्षी में कैसे बदल जाती है? लेकिन वह कोई भी फ़िंच नहीं है, वह अंधी फ़िंच है और वह पक्षी नहीं है, वह एक तरह का खाना है। ऐसा नहीं है कि नेदरलैंड में लोग कभी फ़िंच को खाएँगे, क्योंकि उसकी इजाज़त नहीं है, क़ीमे से भरे हुए गोश्त के क़तले को वहाँ 'अंधी फ़िंच' कहा जाता है। कौन जानता है? शायद ऐसी अंधी फ़िंच हों जो दौड़ती जाती हों। मैं अभी वहाँ तक नहीं पहुँच पाया हूँ।

मुझे अपनी छाया को अंदर आने देना चाहिए। जो दो शब्दकोश मैं हमेशा अपने साथ यहाँ अगस्त में बसने के वक़्त रखता हूँ वे हैं 'दिक्किनारिओ दे ला लेंगुआ एस्पान्योला' और 'दि न्यू वेब्स्टर्स एन्साइक्लोपीडिक डिक्शनरी ऑफ़ दि इंग्लिश लैंग्वेज'। उस क्षण जब मेरे सामने के तख़्ते का काला विवर यह आभास देता है कि मेरी कहानी से अर्थ का प्रत्येक भ्रम पीछे छूट चुका है और यह कि यदि मैं शून्य में पर्याप्त देर तक तकूँ, तो उसकी धूसर स्लेटी सतह पर एक ऐसी कहानी उभरेगी जिसे

यदि मैं अनूदित कर सकता तो वह चहुँओर एक शाहकार के रूप में प्रशंसित होगी—अनुपस्थिति के, और मेरे लिए अस्वाभाविक विषाद के, ऐसे क्षणों में मैं वेब्स्टर की डिक्शनरी खोल लेता हूँ। वह 'अंदर आने देना' एक कुछ-कुछ अटपटी तुलना थी, लेकिन मेरे लिए, निश्चयतः जब मैं अकेला होता हूँ और एक क्षण के लिए अपने को खिलवाड़ करने देता हूँ तो नोआ वेब्स्टर, उस डिक्शनरी का संपादक, एक व्यक्ति बन जाता है। अब कुछ टूटता है। मेरे वफ़ादार दोस्त को 'इल्यूज़निस्ट' जादूगरों के बारे में कुछ नहीं कहना है, कम से कम मेरे जादूगरों के बारे में नहीं। काइ और लूसिआ का ज़िक्र नहीं किया गया है! जो कहा गया है वह बिल्कुल उल्टा है : 'वन गिव्हन टु इल्यूज़न'— 'वह जिसे दृष्टिभ्रम होता है'। ग़लत! यहाँ तो सिर्फ़ तमाशबीन की बात की गई है। नज़र बाँधनेवाला जादूगर मंच पर खड़ा होता है और भ्रम पैदा करता है; दर्शक धोखा खाता है या उस धोखे में हिस्सा लेता है, और भ्रम को प्राप्त करता है। वेब्स्टर कहता है : 'टु इल्यूड : दि एक्ट ऑफ़ डिसीव्हिंग एंड इंपोज़िंग अपॉन; इल्यूज़न : डिसैप्शन, मॉकरी, ए डिसेप्टिव्ह अपिअरेंस, एन अनरिअल विज़न प्रैज़ेण्टेड टु दि बॉडीली ऑर मेंटल आइ।' यानी गुनहगार 'इल्यूज़निस्ट' का कोई नामोनिशाँ नहीं। वह फिर फ़न ख़ोर की डच डिक्शनरी में मिलता है, और मुटरी तथा तूती की तरह, उसने भी पिरेनी पर्वतमाला को लाँघते हुए एक पंख खो दिया है और यहाँ उसके हिज्जों में एक 'एल' ग़ायब है।

'इलूज़िओनिस्ता', 'ख़ोख़ेलार', डच, में और अंग्रेज़ी में 'काँज्यरर', 'इल्यूज़निस्ट'। अंग्रेज़ी में उसे 'एल' तो वापस मिल गया लेकिन वह एक नजर बाँधनेवाले 'काँज्यरर' से ज़्यादा कुछ भी नहीं, और हालाँकि वह एक ऐसा शख़्स होता है जो हमारी इंद्रियों को धोखा देता है, हम इसके आदी रहते हैं कि वैसा वह ताश के पत्तों और गेंदों सरीखी भौतिक वस्तुओं के माध्यम से करता है जो हवा में उड़ती हैं और गुरुत्वाकर्षण के एक आत्यंतिक, मोड़दार रूप का पालन करती हैं, रूमाल जिनके ग़ायब होने के बिंदु पास में ही होते हैं, इस तरह की चीज़। स्पानी और डच भाषाएँ अक्सर एक-दूसरी की मदद करती हैं लेकिन इस मामले में नहीं, हालाँकि मुझे एक छोटा-सा फ़ायदा हुआ है : उस शब्द 'ख़ो-ख़ेल', 'नज़र बाँधना' की विचित्र, कुतूहलपूर्ण ध्वनि, और यह गुप्त गर्व कि मूरों से विरासत में मिले अपने गले से मैं वह डच 'ख़' उतने ही करख़्त ढंग से बोल सकता हूँ जितना कि उत्तरी हॉलैंड का कोई मूल निवासी।

वे लोग जो पुराने दिनों में सचमुच के नाटकघरों और सर्कसों में जाया करते थे अब भी उस तरह के करतब को याद रखे हुए हैं। आँखों पर पट्टी बाँधे लूसिआ मंच पर या तम्बू के नीचे के मैदान पर खड़ा होता, जबकि काइ तमाशबीनों के बीच

होता, उस आदमी या औरत के बारे में सवाल दाग़ता हुआ जिसकी तरफ़ वह देख रहा होता और जिसका नाम, उम्र और चेहरा-मोहरा लूसिआ हमेशा बिना किसी ग़लती के बता देती। यह तथ्य कि वे सारे ब्यौरे हमेशा उस जानकारी से मेल खाते जो उस पासपोर्ट या पहचान-पत्र पर होती जिसे सम्बद्ध स्त्री या पुरुष ने काइ को दिया हुआ होता, इसी में वह चमत्कार होता जो एक पहले के ज़माने में या, जैसा कि हम देखेंगे, कम प्रबुद्ध इलाक़ों में दर्शकों को मुग्ध कर देता।

यह वे कैसे करते थे? मैं ख़ुद एक ऐसे प्रदेश से हूँ जहाँ विस्तृत भूदृश्य और गाँवों के दूर-दूर बसे होने के कारण चमत्कारों का पूर्णतः लोप नहीं हुआ है, और इस तरह के नज़ारे को देखकर मैंने सिर्फ़ अबोध्य में विश्वास करना पसंद किया होता और वैसा ही छोड़ दिया होता। आदमी को प्रच्छन्नता को होने की अनुमति देनी चाहिए, कुछ नहीं तो निस्संदेह उसके साधारण रूपों में, क्योंकि वह हमारा ही एक अंश होती है, जैसे रात समय का एक अंश होती है, यद्यपि कुछ लोग कोटियों के इस घालमेल पर आपत्ति करेंगे।

लेकिन नहीं, वह एक हुनर था, और हालाँकि अबोधगम्य की छाया उसमें बुनी हुई थी, मैं उठते और गिरते स्वर, थमने, शब्दों के चुनाव, हिचकिचाहटों, प्रश्नों और संगीतमय उच्चारणों के उस रहस्यमय, फिर भी स्वाभाविक जाल के बारे में, जिससे वे अपने दर्शकों को बाँध चकित कर देते थे, इतना तो जानता हूँ कि विश्वास के साथ कह सकूँ कि काइ और लूसिआ अपने तमाशबीनों के साथ एक जटिल खेल खेलते थे। एक ऐसा खेल जिसके लोहे जैसे सख़्त नियम थे, स्वयं प्रकृति की तरह। दर्शकों के लिए ऐसे जायज़ों की कोई अहमियत नहीं थी। उन्हें लगता कि उनका वास्ता दो के बजाय एक ही व्यक्ति से था, वे दोनों प्रदर्शन किसी भी एक समय में एक-दूसरे से कितने ही दूर क्यों न हों। एक में दो, दो अर्द्धांग एक-दूसरे को खोजते हुए, पाते हुए, भले ही एक-दूसरे में बदल न पाते हुए—प्लैटो के 'सिम्पोज़िउम' के बाद हमेशा एक स्वप्न-अभिलाषा जो यहाँ किसी तरह दृष्टिगोचर की जाती, या कम-से-कम इंगित की जाती और इससे आनंद मिलता, क्योंकि वह उनके चेहरों पर आपको दिखता था। इन घटनाओं की दिखाई देने वाली असाधारणता, जो लेखन और राजनीति (लेकिन सड़क-निर्माण नहीं) की तरह कुछ हद तक करतब पर टिकी होती हैं, काइ और लूसिआ के चेहरों और शरीरों की असाधारणता से मेल खाती थी, इसलिए कुल मिलाकर वे सर्कस की एक महान पूँजी थे।

ख़ुद सर्कस की हालत कुछ ठीक नहीं थी। अव्वल तो मंदी थी, जो एक ऐसा शब्द है जिसके पीछे यह तथ्य छिपाया जा सकता था कि लोगों के पास अब पिछली

किसी भी पीढ़ी से ज़्यादा पैसा था। दूसरे, हम तब उस वक़्त में रह रहे थे जब इलेक्ट्रोनिकी के हस्तक्षेप के बिना, और दूसरे शरीरों की संकोच में डालनेवाली उपस्थिति में, शरीर से अभिव्यक्त की जाने वाली कोई भी चीज़ अपनी वैधता खो देती लगती थी। मुद्राओं को एक ही क्षण में यथासंभव अधिकतम बैठकों में उन लोगों द्वारा देखा जाना होता था जो शारीरिक रूप से उपस्थित नहीं होते थे; और मानवीय बोली की स्वाभाविक ध्वनि से एक खीझ-भरी प्रतिक्रिया उपजती थी, जैसे सृष्टि के बाद पहली बार उस ध्वनि में, या उसे सुनने वाले कान में, अचानक कुछ मौलिक कमी आ गई हो, एक ऐसी कमी जो पिछली सारी सदियों में कभी किसी ने लक्षित न की थी। लोग अब घरों में खेल नहीं खेलते थे या, और स्पष्ट कहा जाए तो, साथ नहीं खेलते थे, और न वे बाहर लोगों को खेलता देखने जाते थे। और-और सर्कस बंद होते गए और जोकर, जादूगर और रीछों का तमाशा दिखानेवाले उस विराट शून्य में बिला गये जिसमें टोकरी बुनने वाले, फुटपाथ के चित्रकार, नुक्कड़ कलाकार, चाकू-छुरी की धार बनानेवाले, क़िस्सागो, बाज़ पालनेवाले और मेले-ठेले के लोग उनसे पहले ग़ायब हो गए थे। लोंगिनुस ने हेरोदोतुस और थेओपोम्पुस (यह एक ऐसा गुब्बारे जैसा फूला हुआ नाम है जिसे मैं अपना रखना चाहूँगा) के कुछ कमज़ोर गद्यांशों का उल्लेख करते हुए एक बार कहा था कि उदात्त को आसानी से अगंभीर द्वारा हानि पहुँच सकती है किंतु यह शैलीगत समस्या उस कहानी में कैसे हल की जाए जिसका विषय ही सामान्य द्वारा उदात्त को नष्ट किया जाना है? देखा जाएगा। होरेस कहता है कि जो आपने अभी तक प्रकाशित नहीं किया है उसे आप हमेशा नष्ट कर सकते हैं, लेकिन एक बार यदि शब्द प्रेषित कर दिए जाएँ तो आप उन्हें वापस नहीं ला सकते। यह तब सत्य था और इस समय भी सत्य है। यह संपूर्णता की अवधारणा है जो मुझे इस कहानी को लिखते समय परेशान कर रही है, क्योंकि मुझे नहीं लगता कि अब कोई उसमें विश्वास करता है, बेशक़ लेओन में रहनेवाला मेरा प्रकाशक तो बिल्कुल नहीं। ईश्वर की मृत्यु के साथ, भले ही वह कभी रहा हो या नहीं, संपूर्णता का हमारा आदर्श अंतर्धान हो चुका है। तब से कला ने उसकी छवि और समानता में रचे गए शरीर को लम्बाया है, उसे खंडों में बाँटा है, उसमें बरमे से छेद दिए हैं और उसे अपरूप किया है। ऐसा दिखता है कि हम संपूर्णता को अब और सहन नहीं कर सकते, एक अवधारणा के रूप में भी नहीं, क्योंकि यह हमें एक बहुत बार देखे गए सपने की तरह उबाता है। आज इस स्कूल के कमरे में वह सामान्य से अधिक खोखली लगती है।

जब वह सर्कस जिसमें काइ और लूसिआ काम करते थे आखिरी वक़्त उखड़ा, जिसपर कुछ अखबारों ने घड़ियाली आँसू बहाए थे, तो वे कुछ वक़्त तक छोटे नाटकघरों और सामुदायिक सभागारों में काम करते रहे लेकिन एक दिन उन्हें रोतर्दम से अपने मैनेजर का पत्र मिला जिसमें उन्हें, जैसा कि उसने लिखा था, 'एक महत्त्वपूर्ण योजना' पर चर्चा के लिए आमंत्रित, जबकि 'तलब' कहना बेहतर होगा, किया गया था।

कुछ ऐसे धर्मगुरु होते हैं जो पेशेवर बदमाशों की तरह दिखते हैं और कुछ वेश्याएँ ऐसी लगती हैं जैसे उन्हें दुनिया का कुछ पता ही न हो, लेकिन काइ और लूसिआ का मैनेजर, या इम्प्रेसारिओ, या कार्यक्रम-संयोजक, जिसका नाम राइअर था, सचमुच उस तरह के मैनेजर जैसा लगता था। वह मोटी, काली सिगारें पीता था, जिन्हें सुदूर देशों में सादा लोगों ने अपने हाथों से बँटा था, जिससे वह हमेशा नज़रों से कुछ दूर-सा लगता था। वैसे यह ठीक भी था, क्योंकि उसकी चमड़ी खुरदुरी थी और उसके बड़े-से चेहरे पर ढीली लटकी हुई थी, जिसमें आँखें, असली हिंस्र पशुओं से विपरीत, अपने शिकार से जान-बूझकर बचती थीं : शिकार हमेशा वह व्यक्ति होता था जो उस वक़्त उसके सामने बैठा हुआ होता था।

एक साक्षात्कार में उसने एक बार यह घोषित कर दिया था कि हर व्यक्ति की जगह कोई दूसरा लाया जा सकता था, जिसमें उसकी पत्नी भी शामिल थी, और सचमुच उसका यही मतलब था। यह एक ऐसा नियम था जिससे उसने सिर्फ़ खुद को बरी कर रखा था। काइ और लूसिआ के करतब से उसे बहुत कम कमाई होती थी, और अपने भारी-भरकम शरीर को लूसिआ के बदन पर जबर्दस्ती भी सवार कर देने की उम्मीद उसने कभी की छोड़ दी थी, भले ही सिर्फ़ काहिली की वजह से, लेकिन जब तक उसे लगता रहा कि उनसे चंद सिक्के कमाए जा सकते हैं, उसने उन्हें छोड़ा नहीं।

बेवकूफ़, उसने उन्हें अपनी मेज़ के सामने की कुर्सियों की तरफ़ इशारा करते हुए उनके बारे में सोचा। हमेशा की तरह, काइ और लूसिआ उतना ही अटपटा महसूस कर रहे थे जितना जब वे एक-दूसरे के साथ अकेले, या दोस्तों के साथ, या भीड़ के बीच नहीं होते थे।

"बच्चों," राइअर ने तबाही के अपने बादल की ओट से कहा, "अपन एक-दूसरे से साफ़-साफ़ बातें कर लें। तुम दोनों जो करते हो वह बेहद पेशेवर है, वह मँजा हुआ है, ऊँचे दर्ज़े का है, कोई दूसरा वैसा नहीं कर सकता। तुम लोग अभी-भी जवान हो और तुम ख़ूबसूरत हो (ज़्यादा ही ख़ूबसूरत, उसने सोचा)। मैंने

हमेशा तुम्हारे वाल्दैन के साथ काम किया है, तुम लोग अपनी हुनर अपने उँगलियों की नोक तक जानते हो, लेकिन अब यह काम पहले जैसा नहीं रह गया है। तुम लोग जो करते हो वह है तो ख़ास, लेकिन छोटा है और ज़्यादातर लोग अब उसकी पर्वाह नहीं करते। हर रोज़ वे अपने टेलीविज़न पर ज़माने भर की चुनी हुई चीज़ें पा सकते हैं, और घर से बाहर जाने के लिए अपने पुट्ठे हिलाने को तैयार नहीं हैं। घर पर वे सिगरेट पी सकते हैं, दारू की बोतल खोल सकते हैं और जो चाहे सो कर सकते हैं और घलुए में उन्हें लास वेगास के बेहतरीन तमाशे भी मिल जाते हैं। वे अपने बिलों से बाहर या तो सैक्स के लिए निकलते हैं या बड़ी रक़म ढीली करने के लिए, क्योंकि उससे हैसियत दिखती है। सैक्स आइटमों पर अपन बात कर चुके हैं। तुम उन्हें पेश करना नहीं चाहते।'' काले धार्मिक चोग़े पहने तीन बुड्ढों के साथ लूसिआ या एक मोटी अफ्रीकी औरत के साथ कीचड़ में गुत्थमगुत्था काइ की कल्पना से उसके मुँह में पानी आने लगा, लेकिन वे कभी राज़ी नहीं होंगे, और दम्पति की तरह उनसे इकट्ठा काम करवाना और भी असंभव था, क्योंकि उससे ऐसे प्रदर्शनों का अनिवार्य मसाला ही रह जाता है : बेइज़्ज़ती।

''मुझे जो तुमसे कहना है वह बहुत अफ़सोसनाक़ है। बो-होत अफ़सोसनाक़''। उसने अपनी बात का असर पूरा करने के लिए दुहराया। पहले उन्हें ख़ूब डराओ, फिर वार करो, ''मुझे तो कोई रास्ता नज़र नहीं आता, हाँ अगर...'' वह उठा, खिड़की तक गया, और बाहर रोतर्दम को देखने लगा। क्या शहर है, उसने तारीफ़ में सोचा।

लूसिआ काइ के ज़्यादा नज़दीक सिमट आई और उसने अपना हाथ उसके कंधों पर रख दिया। ''अगर क्या?'' काइ ने एक ऐसे व्यक्ति के स्वर में पूछा जो किसी बात से बिदकता नहीं है।

बेशक़ यह बुद्धू चारा निगलेगा, राइअर ने सोचा। ''अगर तुम दोनों दक्षिण में जाकर काम के लिए तैयार हो तो,'' खिड़की के पास से नीला नाइलॉन का सूट पहनी हुई पीठ ने जवाब दिया। ''लफ़्ज़ों को घुमा-फिराकर कहने में मेरा यक़ीन नहीं।''

यह कोई अकारण फ़ालतू बात नहीं थी, क्योंकि इस पेशे में 'दक्षिण में जाकर काम करने' का मतलब था कि तुम हमेशा के लिए ख़त्म हो गये। 'फलाँ-फलाँ दक्षिण में काम करने गया है' — उसके बाद उसके बारे में अगर आप कभी कुछ सुनते भी थे तो यही सुन पाते थे कि वह गुज़र गया।

''वर्ना मुझे डर है कि मैं आगे तुम्हारे लिए कुछ नहीं कर सकता।''

ऐसे मोटे शरीर से जितनी अपेक्षा की जाती है उससे ज़्यादा फ़ुर्ती से वह मुड़ा, पलक झपकते उनके पास खड़ा हो गया, अपने रीछ-जैसे आलिंगन में उन्हें लिया,

और फुसफुसाया, "मुझे इसका बहुत अफ़सोस है, मेरे प्यारो, मुझे बेहद अफ़सोस है। हम लोग हमेशा इतने बढ़िया इकट्ठे काम करते रहे हैं, लेकिन मैं कुछ नहीं कर सकता। या तो यह है या कुछ नहीं। वक़्त हमारे ख़िलाफ़ है। वक़्त की बात है।"

ऐसा लग रहा था कि अपने किए हुए वार से वह खुद ग़श खा रहा था लेकिन लूसिआ को ज़्यादा मजबूती से पकड़े हुए वह अपने को खड़ा रख रहा था।

क्या लड़की है, उसने सोचा और कहा, "तुम्हें मालूम है इन पिछले महीनों में कौन-कौन दक्षिण जा चुका है?" और इसके पहले कि वे जवाब दे पाते, उसने जोकरों, जादूगरों, आवाज फेंकने वालों और बाजीगरों की एक लम्बी सूची सुनाना शुरू कर दी जिनके फीके पड़े चित्र अब भी उसके दफ़्तर के बाहर के गलियारे में लटके हुए थे। उन्होंने अपनी पुरानी सफलताओं के रक्षक उत्तर को त्याग दिया था और अब कहीं दूर उन अजीब इलाक़ों, गंदे मेक-अप कमरों वाले नाटकघरों में प्रदर्शन कर रहे थे जिनके नाम तक उत्तर के अख़बार नहीं छापना चाहेंगे।

लूसिआ ने अपना सिर झुका लिया, सोने की बारिश सरीखा। राइअर ने अपने हाथ पर एक आँसू महसूस किया और सिर्फ़ एक बूँद पानी वाले इस दुःख की नन्ही ठंडक से उसे समझ में आ गया कि उसे लूसिआ को अपनी बाँहों से मुक्त कर देना चाहिए। उसने सोचा कि शायद कुल मिलाकर खिड़की ही सबसे बढ़िया जगह थी।

काइ उन्नीसवीं सदी के एक सर्कस-पोस्टर को देखने लगा जिसमें श्मिट की पशुशाला, यूरोप में सर्वाधिक महान, '130 वर्ष पुरानी विशाल हथिनी मिस फ़ैनी तथा ख़ून के प्यासे लकड़बग्घे के सान्निध्य में भयानक एशियाई सिंह' के प्रदर्शन की घोषणा कर रही थी।

"क्या हम सर्कसों में आएँगे?" उसने पूछा।

राइअर मुड़ा, लेकिन अबकी बार बहुत तेज़ी से नहीं, क्योंकि वह समझ गया था कि मछली चारा निगल गई। "तम्बुओं में और नाटकघरों में", उसने कहा। अपनी सिगार, जो अब अचानक एक बड़ी गीली चीज़ बन गई थी, उसने मेज़ पर रख दी और कहा, "हाँ या ना का सवाल है। यहाँ मैं तुम्हारे लिए ज़्यादा कुछ नहीं कर सकता। एकाध बार तुम्हारा आइटम टीवी को बेच सकता हूँ और उससे तुम्हारा काम कुछ देर तक तो चल जाएगा लेकिन उसके बाद ख़तम हो चुका। तुम्हें ख़ुद अपना फ़ैसला लेना पड़ेगा। मेरे कुछ लोग इस वक़्त दाख़्क़ार्त से शुरू होने वाले एक दौरे की तैयारी कर रहे हैं और वे बहुत जल्दी रवाना होने वाले हैं। दाख़्क़ार्त दर्रों के ठीक नीचे पहाड़ों के बीच बसा हुआ है दक्षिण की तरफ़।" उसने मेज़ के पीछे लगे नक्शे की तरफ़ इशारा किया, जिसमें एक ज़िद्दी, बेहद बड़े आकार के गुब्बारे की तरह

विराट-सा दिखने वाला दक्षिण उस सँकरे, नाजुक गलियारे से किसी बहुत पके, फूले हुए फल-जैसा लटका हुआ था जो लिम्बुर्ख़ से शुरू होता था और पहाड़ों तक जाता था, और उत्तर वाले अपने अंधेपन में जो भी दावा करें, यह गुब्बारे जैसा दक्षिण राजशाही का एक अविभाज्य अंग था।

इतिहास भी कभी-कभी बीमार पड़ सकता है, और ऐसी बीमारी का प्रसार सबसे अच्छी तरह से ऐतिहासिक एटलसों में देखा जा सकता है, जिनमें देश बढ़ते हैं, फूटते हैं, बाहर निकलते हैं, बिखरते हैं, अपनी पुरानी सीमाओं में और उनके पार सारे रंगों और उपरंगों में सूखते और सिकुड़ते हैं। नहीं, नेदरलैंड का राज देखने में सुंदर न था। ऐसा लगता था कि किसी ने मास और राइन नदियों के बराबर की पट्टी की सँकरी गर्दन को दबोच कर उसे ताकत से हिला दिया था, जिसके परिणामस्वरूप एक ऐसा ज़बर्दस्त आंतरिक रक्तस्राव हुआ जिससे मुट्ठी के नीचे का हिस्सा भयानक ढंग से फूल गया इसलिए अब वह एक मूर्खतापूर्ण ढीले बोरे की तरह लटक रहा है जिसमें अँधियारे, सूने और बेशक़ ख़तरनाक़ इलाके हैं जिनमें प्रांतीय सीमाएँ मनमाने ढंग से खींची हुई लगती हैं। यह बोरा लोकार्नो के उत्तरपूर्व में कहीं शुरू होता था और ऐसा लगता था कि निहत्थे अल्बानिया पर इतनी ताकत से मारा गया था कि राज का पेड़ू किसी सुअर की घुमावदार अँतड़ियों की तरह लगता था। अगर आप उसकी तरफ़ काफ़ी देर तक देखते तो आप अपनी मर्सिए सरीखी वह पढ़ने लगते जिसे दक्षिण में 'एंडे-वर्स' या अंतिम कविता कहते हैं, लेकिन काइ और लूसिआ अभी वहाँ तक नहीं पहुँचे थे।

"मैं कोई मतलब देख नहीं पा रहा हूँ," काइ ने कहा।

"ठीक है, तो तुम्हें कोई मतलब दिख नहीं रहा।" राइअर अपनी कुर्सी के किनारे पर बैठ गया और अपनी सिगार फिर सुलगा ली। उसे बुझी हुई राख और अपने ठंढे थूक का मिश्रण अच्छा लगता था। धुआँ अब और काला था तथा और तबाही का ऐलान कर रहा था। "तो मैं इसे दूसरी तरह से कहता हूँ : तुम वहाँ जाने का कोई मतलब नहीं देखते, और तुम्हारे यहाँ रहने में कोई मतलब नहीं है। वहाँ हर चीज़ नई है। तुम्हारे लिए वह नया मुल्क है। वहाँ तुम्हें कोई नहीं जानता।"

"वहाँ कोई रहता भी नहीं।"

"एक कलाकार को ऐसा कभी नहीं कहना चाहिए। वहाँ लोग हैं। लोग तमाशबीन होते हैं। शायद वे हमसे अलग हैं, लेकिन वे डच हैं और वे यही भाषा बोलते हैं, या जैसा भी हो तुम्हें समझते हैं, तुम्हें वहाँ जाने की आज़ादी है। तुम्हें वहाँ काम करने की इजाजत है। और जो भी हो, अगर महारानी वहाँ जा सकती है तो

तुम भी जा सकते हो।'' यह सच था। नाचते और हर्ष प्रकट करते हुए दक्षिणवासियों के बीच अपनी महारानी को अपना एक भड़कीला टोप पहने देखकर—मानों बहुमूल्य धातुओं का उनका कभी न पहना गया राजमुकुट कपड़े या बारीक गुँथी हुई बेंत में बदल गया हो और इस तरह सभी दिशाओं में फैलने का अधिकार पा गया हो—उत्तर वाले उनके बिंदास आनंद से कुछ शर्मिंदा हुए थे जिसमें वे खुद भाग लेना पसंद करते लेकिन जो उनके लिए सर्वदा वर्जित कर दिया लगता था और यद्यपि राजसी यात्राएँ बहुत ज़्यादा बार नहीं हुआ करती थीं, राजप्रमुख उनसे अत्यधिक प्रमुदित होती लगती थीं, मानों उनमें जिन लोगों का वे सामना करतीं वे ''प्रजा'' की उस अवधारणा का मूर्तिमान शुद्ध सारतत्व होते थे, जो कि उनके स्वयं के अस्तित्व के विचित्र रूप का एक स्वाभाविक पूरक थी। यह कि उनके पार्श्व में बैठा कुछ-कुछ अनमना, खिंचा हुआ पुरुष उनके इस आनंद में भाग नहीं लेता था उन्हें उद्विग्न करता प्रतीत नहीं होता था। अपनी विशिष्ट, उत्तराधिकार में प्राप्त भूमिका के फलस्वरूप उन्हें अपनी जनता के साथ एक रहस्यवादी ढंग के सम्बन्ध के लिए चयनित किया गया था, और आप उसके बारे में जो चाहे और कह लें, उनकी जनता तो वह थी।

''मैं तुम्हें डाख़्क़ार्त, अन्होवेत, दोरेमेनेन, तूख़्तलाके, बारेच और स्लाएत्स भेज रहा हूँ,'' राइअर ने कहा। ये नाम, जो उत्तरवासियों को हमेशा अजीब लगते थे, उसके होठों से बह रहे थे। ''छोटे शहर, फिर भी नाटकघरों वाले शहर और नाटकघर,'' उसने पिष्टपेषण करते हुए कहा, ''नाटकघर होता है। वह जो भी हो, या तुम किसी दफ़्तर में काम करना ज़्यादा पसंद करोगे?''

लूसिआ ने अपनी मुट्ठियाँ जकड़ लीं। यदि ये अपने अस्थायी रूप में प्रकृति के द्वारा न गढ़ी जाकर गिबेर्ती ने काँसे में ढाली होतीं तो सदेबी में इनके दाम करोड़ों के होते। उसने उसाँस भरी। कलाकार जिस गड्डमड्ड यथार्थ में रहते हैं, एक ऐसी दुनिया में जहाँ तुम्हें सजने-धजने की इजाज़त नहीं मिलती और इसलिए जहाँ तुम्हें हमेशा तुम खुद होना पड़ता है, वह जो भी हो, वह नरक की पहली झलक होती है।

''मुझे यह विचार पसंद नहीं,'' काइ ने कहा। ''शायद हमें किसी और से बात करनी चाहिए, अगर आपके पास हमारे लिए कुछ नहीं है। सेना मनोरंजन केन्द्र में मेरा एक दोस्त है...''

''और वे भी तुम्हें दक्षिण ही भेजेंगे— यदि वे तुम्हें चाहते ही होंगे तो, क्योंकि आजकल वे फ़िल्मों का इस्तेमाल करते हैं और जो भी हो, तुम्हें कैसा लगेगा, लूसिआ के साथ, भूखे भेड़ियों के एक झुंड का मनोरंजन करना, जिनका ख़रदिमाग़ ऊब से चल चुका है? वहाँ यहाँ से ज़्यादा फ़ौजी हैं।''

यह भी सच था। दक्षिणी स्वतंत्रता आंदोलन ने पहले ही कई सैनिक पुलिसवालों और नागरिक अफ़सरों की जान ले ली थी। वह अभी वाक़ई लोकप्रिय आंदोलन नहीं बन पाया था, पर पुलिस अब बग़ैर मदद के निपट नहीं सकती थी, बेशक़ इसलिए नहीं क्योंकि एक ढीली सरकार ने दक्षिण को उसकी अपनी पुलिस दे दी थी जिसमें, विशेषतः निचले दर्जों में, मुख्यतः दक्षिण के लोग थे। अगली सरकार ने बढ़ती हुई हिंसा से डर कर फ़ौज भेज दी थी जो अपना काम कमोबेश बेमर्ज़ी से करती थी। हर फ़ौजी के घायल होने या मारे जाने की खबर को उत्तर में अधिकतम प्रचार मिलता था जिससे जल्द ही रायशुमारियों से साफ़ होने लगा कि उत्तरवासियों का भारी बहुमत दक्षिणी प्रांत को रखने के बजाय उससे पीछा छुड़ाने के लिए राज़ी था।

''जब हम वापस आएँगे,'' काइ ने कहा, ''अगर हम कभी आए तो, हमें हर आदमी भूल चुका होगा।''

''क्या वह इलाका सुंदर है?'' लूसिआ ने पूछा।

दक्षिणी नेदरलैंड को लेकर सुंदरता का विचार अनूठा था। जिस तरह दक्षिणी लोग सोचते थे कि उत्तर सपाट, भूरा और हवाओं के थपेड़ों वाला था, उसी तरह रूखे लोग, जो कि उत्तरी लोगों का उपनाम था, दक्षिण को वीरान, जंगली और अनिष्ट समझते थे और निवासियों को पिछड़ा हुआ—वह तो कहने की ज़रूरत ही नहीं थी। अगर आपका वहाँ कोई काम नहीं पड़ता था तो आप वहाँ नहीं जाते थे।

''सुंदर'', राइअर ने बदबूदार खाने, धूल-भरी सड़कों, बर्फ़ीले दर्रों और उस तीखी सर्द हवा के बारे में सोचते हुए कहा जो ठंड में आपकी साँस को काट देती थी, ''सुंदर क्या होता है? हर आदमी के लिए वह अलग चीज़ होती है। तुम एक नन्ही सपना देखने वाली हो और तुमने एक कठिन दुनिया में एक कठिन पेशा चुना है। लेकिन वही तुम्हारी रोज़ी-रोटी है। सुंदर... वहाँ पहाड़ हैं लेकिन मुझे पहाड़ पसंद नहीं मगर नाटकघर सुंदर होते हैं, और वहाँ अब भी नाटकघर हैं और जिनके ख़ून में हिम्मत के कारनामों का जज़्बा अभी-भी बाक़ी है, उनके लिए वह ज़बर्दस्त तजुर्बा है।"

काइ खड़ा हुआ, "हम सोचेंगे," उसने कहा।

जब वे बाहर चले गए तब राइअर ने एक लम्बा नम्बर लगाया। किसी ने जवाब दिया, "ठीक हो गया है," राइअर ने कहा, "वो लोग आ रहे हैं।"

उसने शब्दों को बहुत धीरे-धीरे कहा, जैसे वह किसी ऐसे आदमी से बात कर रहा हो जो बहरा था, या एक बहुत छोटा बच्चा था।

6

'कामीनो', 'कार्रेतेरा', रास्ता, सड़क, मार्ग। मैं हमेशा इस बात से तरद्दुद में पड़ा हूँ कि डच भाषा के शब्द 'वेख़', रास्ते, का अर्थ दूर, अनुपस्थित भी होता है। स्पानी भाषा में 'एल कामीनो' सिर्फ़ रास्ता नहीं, यात्रा भी है। अब परिभाषा से ही यात्रा उस जगह से अनुपस्थिति भी है जहाँ से आप रवाना हुए थे, लेकिन 'दूर' का क्रूर दोटूकपन उसमें नहीं रहता है। अपने पेशे में मैंने बेशक़ सड़कों पर उनके सारे अर्थों में काफ़ी दफ़ा चिंतन किया है, क्योंकि भले ही वह विआ, कार्रेतेरा, कामीनो, राह या सड़क हो, इन शब्दों का, किसी भी व्याख्या देने वाले अच्छे शब्दकोश में, मुहावरों और प्रतीकात्मक कथनों के एक जुलूस द्वारा अनुसरण किया जाता है, जो आपको उस वक़्त सोचने पर बाध्य करता है जब आपका जीवन सड़कों का हो और अधिकतर उन्हीं पर बिताया गया हो, जैसा कि मेरा है। यह धारणा कि देल्फ़्त, सारागोसा, इस्फ़हान और पेइचिंग के बीच की लगभग सारी सड़कें एक-दूसरी से जुड़ी हुई हैं ऐसे चकरा देने वाले भूलभुलैयाँदार दृष्टिकोणों को उद्‌घाटित करती है कि मैं मुश्किल से अपनी सीट पर शांत बैठ पाता हूँ। लेकिन यह *मेरी* ज़िंदगी का सवाल नहीं है। मैं यह पृष्ठ छोड़ता हूँ, हालाँकि एक आह भरकर। मैं बिल्कुल नहीं सोचता कि सड़कों के बारे में पर्याप्त बार सोचा गया है।

काइ और लूसिआ के लिए आज का दिन महत्त्वपूर्ण दिन है। उनकी नियति की घड़ी में चाबी भर दी गई है और वह इस कहानी के अंत तक अपनी नापी-जोखी ताल से टिक-टिक करती जाएगी, जो, कुछ लोगों के अनुसार, तब भी जारी रहेगी जब हम यह देखने के लिए जीवित नहीं रहेंगे कि समय का अस्तित्व होता है।

वे चले गए, और कई दिनों की यात्रा के बाद अब उन पहाड़ों के नज़दीक़ आ रहे हैं जो सड़क को अपनी ओर निगलते हुए ऊपर उठा लेते हैं। आप इसे तब महसूस करते हैं जब आप एक छोटी कार में हों, आपकी मंज़िल अब आपके सामने न होकर आपके ऊपर हो और कभी-कभी जब बहुत तीखे मोड़ आएँ तो आपके पीछे हो। इससे

भटकने की भावना पैदा होना और डर लगना, जैसा काइ और लूसिआ को लग रहा था, लाज़िमी है। डरने के लिए बहुत कुछ था। उन लोगों के लिए, जो मैदानी इलाके में पैदा हुए हैं, जहाँ सब कुछ का मुआइना किया जा सकता है, उनके और दृश्य के बीच पहाड़ खड़े हो जाते हैं। जो दृश्य को देखने नहीं देता वही दृश्य बन जाता है और इससे घुटन होती है। इसके साथ-साथ मौसम पतझड़ का था, उदासी-भरा और ठंढा। सीधी खड़ी हुई चट्टानों के चेहरों पर से कुहरे की लकीरें डरावने ढंग से फिसल रही थीं, पेड़ों की कतार, परिचित वस्तुओं के साथ वह अंतिम कड़ी, अब उनके नीचे थी, और उनकी गाड़ी पत्थर के बीच चल रही थी : ढेर, मीनारें, पत्थर की दीवारें और तलवारें। उन्होंने एक-दूसरे को हल्की-फुल्की बातों या छोटे-छोटे इंगितों और स्पर्शों से खुश रखने की कोशिश की, लेकिन परिदृश्य का सूनापन जैसे-जैसे बढ़ता गया, कार में उतनी ही चुप्पी छाती चली गई। अब गाँव लगभग कहीं नहीं थे, बीच-बीच में जो कुछ घर उन्हें दिखाई देते वे दूसरी शैली के थे; और जो भी थोड़ा-बहुत सब्ज़ा था उसने आसपास के नज़ारे का स्वभाव ग्रहण कर लिया था : सख्त, दुराशापूर्ण। शाम को वे उस दर्रे को पहुँचने वाले थे जहाँ संघीय सीमांत पितृभूमि को कई छोटे-बड़े हिस्सों में बाँटता था।

"यहाँ अँधेरा देर से होता है," काइ ने कहा, लेकिन लूसिआ ने जवाब नहीं दिया। गंदे बादलों के बीच सूरज एक कटु, सफेद-सा धब्बा था, तथा एक और अंतहीन मोड़ के बाद उनके सामने की पर्वत-शृंखला नीचे के दाँतों की एक दुष्ट कतार जैसी दिखने लगी, राक्षसी जबड़े ऐसे नुकीले जैसे संगमर्मर की प्रागैतिहासिक कुदालें। इसकी कल्पना करना कठिन था कि सड़क उनसे गुज़रकर आगे जाएगी। जब उस जबड़े के पीछे बैंगनी और ख़ून-जैसे लाल चीथड़ों के नाटकीय प्रदर्शन के बाद आख़िरी उजाला गायब हो गया, तो उन दोनों ने सोचा (लेकिन कहा नहीं) कि इस अँधेरे में अदृश्य, दाँतों की एक और कतार अवश्य होगी, वैसी ही लेकिन उसकी नोकें नीचे की तरफ़ होंगी, बंद होकर उस सबको चबा डालने के लिए जो अज़दहे के मुँह के भीतर चलायमान था। वे एक-दूसरे के और पास सरक आए। सामने से आनेवाली कुछ गाड़ियाँ थीं ज़रूर, लेकिन जब उनमें से हरेक बहुत पहले से अपनी घूमती-फिरती रोशनी से, जो हर दिशा में कौंधती, अपने आने का ऐलान करती हुई गुज़र जाती तो ऐसा लगता कि दुनिया और अँधियारी तथा ज़्यादा रहस्यमय हो गई है।

बहुत देर के बाद उन्होंने कुछ लगी हुई रोशनियाँ देखीं, ज़र्द और धुँधली। यह आख़िरी मौक़ा है जब हम अभी भी लौट सकते हैं, लूसिआ ने सोचा, लेकिन फिर कुछ कहा नहीं। जिस गाँव में वे दाख़िल हुए वह सूना था। हर आदमी मर गया था, कहीं चला गया था, या सो रहा था। वे एक ऐसी जगह रुके जो उस गाँव की एकमात्र ठहरने की सराय लगती थी। शराबख़ाने के एक कोने में कुछ लोग ताश खेल रहे थे। उनकी आँखों ने लूसिआ का पीछा किया, जिससे उसे ऐसा लगा जैसे वे उसपर अपने दाँत गड़ा रहे हों। सिर्फ़ हाइनेकेन और बोल्स के इश्तिहार पहचाने हुए थे। हर दूसरी चीज़–आवाज़ें, मेज़-कुर्सी, यहाँ तक कि रोशनी का रंग भी–अजीब लग रही थी, मानों जिस इलाके में वे दाख़िल हो रहे थे वह अभी से उन्हें अस्वीकार कर रहा था, या चेतावनी दे रहा था – वह भी संभव था।

उनका कमरा छोटा और सर्द था। पलंग ऐसा दिख रहा था जैसे उस पर कोई सो चुका हो और दीवार पर एक हास्यास्पद चित्र लटका हुआ था जिसमें एक युवती हिमहिरन पर बैठी हुई थी। देखने के लिए अब कुछ भी न था लेकिन लूसिआ को फिर भी अदृश्य पहाड़ों की मौजूदगी महसूस हुई।

"मुझे डर लग रहा है," उसने कहा, लेकिन बात इससे भी ख़राब थी। यह अब उस पर हावी कोई भावना नहीं थी, यह एक हालत थी जिसने उसके समूचे शरीर पर कब्जा कर लिया था, एक तत्व, जिससे उसका हर हिस्सा–आँखें, त्वचा, पैर–डर बन गया था, एक ऐसा डर जिसे तभी निकाला जा सकता था जब वह इसी वक़्त मुड़ जाती, सीढ़ियों पर से नीचे दौड़ जाती, शराबखाने से गुज़रती हुई जहाँ वे आदमी उसका रास्ता रोकने की कोशिश करते, और फिर बाहर, कार में, दूर, वापस उस निचली, सपाट दुनिया में जिसे उसे कभी छोड़ना नहीं चाहिए था।

"तुम थक गई हो," काइ ने कहा। "कल सब चीज़ बदल जाएगी" लेकिन जब वे उस बेचैन रात से जागे जिसमें अचानक भयानक हवा चलने लगी थी, खिड़की को इस तरह खींचती हुई मानों कोई आदमी भीतर आने की कोशिश कर रहा हो और लूसिआ को ऐसा लगा था जैसे उनके दरवाज़े के बाहर एक गंदी हँसी गूँजी हो, तो सब कुछ तब भी वैसा ही था।

काइ पहले उठा था। उसने सपना देखा था कि काँच की कोई फाँस या बर्फ का एक बहुत छोटा, नुकीला टुकड़ा उसकी आँख में चला गया था, और जब वह जागा तो उसने सोचा कि यही वजह थी कि जो कुछ वह तब देख रहा था उस पर एक

आवरण पड़ा हुआ था। उसने फटे हुए, खिरे पर्दे खोले और देखा कि वह सच नहीं था। दिन का उजाला ही वह पर्दा था। पूरे दृश्य पर एक भूरे कीचड़ का रंग छाया हुआ था। तरल कीचड़, शीरे जैसा एक तत्त्व धीरे-धीरे घरों और गाड़ियों पर फैलता हुआ, एक ऐसा तत्त्व, उसने सोचा, जो अगर एकबारगी तुम्हें छू लेगा तो हमेशा तुमसे चिपटा रहेगा।

7

काइ ने ग़लती से यह सोचा कि डर और हिचकिचाहट ऐसी भावनाएँ हैं जिन्हें आदमी को मंज़ूर नहीं करना चाहिए। इस तरह समर्पण न करने से जो मिथ्याकरण उपजते हैं वे अपने डर के सामने चुपचाप झुक जाने की अपेक्षा कहीं ज़्यादा संकट पैदा करते हैं लेकिन काइ या तो इतना कमउम्र था या सिर्फ़ इतना होशियार नहीं था कि यह जानता होता। मेरा यह लिखने का इरादा नहीं था फिर भी अब मैं लिख गया। कभी-कभी मैं बुदबुदाकर ख़ुद से पूछता हूँ, ऐसा क्यूँ हमेशा निकल जाता है? मैंने ख़ुद काइ को ईजाद किया है, आख़िरकार, वर्ना और कौन तय करता है कि अब वह पंजों के बल कमरे के बाहर जा रहा है ताकि लूसिआ जग न पड़े? निकलकर वह धीरे से दरवाज़ा बंद करता है और नीचे जाता है।

होटलवाला पिछली शाम के मुक़ाबिले ज़्यादा बातूनी था और उसने उनकी यात्रा के उद्देश्य के बारे में पूछा। काइ ने उसे बताया कि वे सरहद के पार कार्यक्रम देने के लिए जा रहे हैं, और इस शब्द को उसे और समझाना पड़ा। जब वह ऐसा कर चुका तो होटलवाले ने संजीदगी से उसे वापस चले जाने की सलाह दी।

"तुम्हारे वहाँ जाने से कुछ भला नहीं होगा, बेटे, और उस लड़की के साथ जाने से तो बिल्कुल नहीं। मैं खुद उत्तर का नहीं हूँ, लेकिन मैं तुम्हें बता दूँ, उस तरफ़ बिल्कुल भालुओं से भरे हुए बगीचे जैसा है। वे लोग जंगली हैं, उससे कतई कम नहीं; तुम्हारी ज़िंदगी वहाँ ख़तरे से ख़ाली नहीं है। कुछ लोग यहाँ ठहर लेते हैं, ठीक है, मुझे उन्हें जगह देनी पड़ती है, यह मेरी रोज़ी है, लेकिन रात को मैं तकिये के नीचे चाक़ू रखकर सोता हूँ। तुम उत्तर वाले यह मानकर चलते हो कि अगर कुछ हो जाय तो तुम पुलिस को फ़ोन कर सकते हो। ठीक है, हमारे पास यहाँ सीमा पुलिस है। उन्हें अच्छी तरह से देखो, फिर तुम अलग तरह से सोचने लगोगे।"

कितना अजीब है, काइ ने सोचा, कि जिस चीज़ ने उन पुलिसवालों में सबसे ज़्यादा भरोसा पैदा किया होता ठीक वही उन्हें इतना डरावना बनाती थी। उनकी वर्दियाँ या तो बहुत बड़ी थीं या बहुत छोटी, और सारी गंदी और फूहड़ थीं, लेकिन

यही सबसे ख़ाराब बात नहीं थी। उनके सिर, जिन्हें उसने बाजू या सामने से देखा था, पुलिस की फ़ाइलों के मुजरिमों जैसे लगते थे, और शक्ल तथा वर्दी के बीच इस विचित्र विरोधाभास से उनका डर उपजानेवाला प्रभाव और बढ़ जाता था, जिसे उनकी कमर से लटकती पुरानी बनावट की बड़ी पिस्तौलें और भी ज़्यादा गहरा देती थीं।

"वे किस तरह के लोग हैं?"

"वे सीमा-रक्षक हैं। वे दूसरी तरफ़ के हैं। मैं तो उनका यहाँ आना पसंद न करता, लेकिन वे दिन में एक बार यहीं खाना खाते हैं।"

"सीमा-रक्षक? लेकिन अगर सारा देश एक है तो उसमें सरहद क्यों होनी चाहिए?"

"तुम चाहो तो पूछते रहो! दक्षिण से उत्तर क्या जाता है इस पर निगाह रखने का यही रास्ता है। दरअसल यहाँ कार्यक्रम पेश करने वाले लोग बहुत ज़्यादा नहीं आते। ख़ैर, हो सकता है वे अपनी गाड़ियों में यहाँ से गुज़र जाते हों, लेकिन जाने वाले अधिकतर लोग रुकते ही हैं, भले ही कुछ ही देर के लिए हो, क्योंकि यह आख़िरी मुक़ाम है, और दूसरी तरफ़ कुछ ज़्यादा मज़ा नहीं है।"

उसने काइ को इशारे से अपने बेहज़ामत चेहरे की तरफ़ बुलाया। "अगर कभी तुम किसी मुसीबत में पड़ो तो इनके पास बिल्कुल आख़िरी मजबूरी में जाना। कुछ भी न हो तो तुम्हें पैसे तो देना ही पड़ेंगे और अक्सर सारी मुसीबत इन्हीं की तरफ़ से शुरू होती है।"

काइ ने तय किया कि वह लूसिआ को इसमें से कुछ नहीं बताएगा। जब वह कमरे में लौटा तो उसने देखा कि वह कम्बलों के नीचे छिपी हुई थी। हौले से उसने उस पर से उन गंदे चीथड़ों को खींचा और हमेशा की तरह उसकी सुंदरता से उसका दिल भर आया। मैले तकिये पर वे सुनहरे बाल एक चौंधियाती दमक की तरह फैले हुए थे। वह उसे थपकाना चाहता था लेकिन वह अपने दुख में सिमट गई थी, उसके शरीर ने ऐसी प्रतिक्रिया दी जैसे वह किसी और का हो और उसकी आँखें ऐसी धुँधलाई हुई थीं जैसे वह उसके कमरे से जाने के बांद से लगातार रोई हो। उसने न देखने का अभिनय किया, गुनगुनाया, खिड़की की तरफ़ ऐसी उत्साह-भरी चाल से गया जैसे कोई ज़बर्दस्त दिलचस्प कारनामा करने जाता है, और उस खुली ठिठुरती सड़क को देखने लगा जो सीमा-चौकी को जाती थी।

8

जिसने सनक या ज़रूरत की वजह से नेदरलैंड की दक्षिणतम सीमाओं की यात्रा नहीं की है वह उस सदमे की कल्पना नहीं कर सकता जो अधिकांश उत्तरवासियों को पहली बार तब लगता है जब वे त्वोस्प्लांत दर्रे पर पहुँचते हैं, जो ऊँचे दर्रों में से पहला है। वे लोग भी, जो हमेशा दलदली कछार की उबाऊ नीरसता की शिकायत करते रहते हैं, ऐसा महसूस करते हैं कि उनकी दुनिया दो टुकड़े हो रही है। तो वहाँ वे खड़े थे। बेशक़ चुंगी-नाके में दीवार पर महारानी का एक आपादमस्तक चित्र था। तमग़ों से सजी हुई, और चेहरे पर अपनी रोज़मर्रा की मुस्कराहट के बिना, वे कुछ चकित-सी ज़्यादा लग रही थीं मानों वे तरद्दुद में हों कि वे यहाँ इस खोखे में क्यों खड़ी हैं अकेली उस उजले बाल वाले, औपचारिक कोट पहने आदमी के साथ, जो ऐसा लग रहा था कि उन्हें यह बताने आया हो कि महल की शराब ख़त्म हो गई है। शायद उनके न मुस्कराने का कारण यह था कि वे यह साफ़ कर देना चाहती थीं कि इसमें उनका कोई कुसूर नहीं था कि उनके किन्हीं ज़्यादा सनकी पूर्वजों के दिमाग़ में सीमा की दूसरी तरफ़ के पड़ते रेगिस्तान पर राज करने का ख़ब्त सवार हुआ था।

इमारत क्या थी, एक गिरती हुई, फूहड़ झोंपड़ी थी। जिन आदमियों को उस सुबह काइ ने होटल में देखा था उनमें से एक बाहर आया।

"नीचे उतरो तुम," उसने लूसिआ से कहा।

"क्यों?" काइ ने पूछा। "ये हैं हमारे कागज़ और हम देश छोड़कर जा भी नहीं रहे हैं।"

उस आदमी ने उस पर कोई ध्यान नहीं दिया और कार को धमधमाया। "जल्दी करो।"

लूसिआ उतरी और उस आदमी के पीछे-पीछे झोंपड़ी में गई। निगाह से परे वे एक कमरे में गए। वहाँ उसने उसे थामा और अपने बड़े हाथों को उसके स्तनों

और उसके पैरों के बीच दौड़ाया और फिर एक कुर्सी पर बैठा और पीछे झुक गया।

"ये किसलिए था?" लूसिया ने पूछा।

"एक छोटी-सी तलाशी," उसने मज़े से कहा।

"मैं शिकायत करना चाहती हूँ।"

"शिकायतें तीन नक़लों में गारद कोतवाल को। शायद वे कहें कि मैंने ठीक से जाँच नहीं की। तुम्हें पता ही है हमारे पास दूसरे तरीके भी हैं। उसके लिए हमारे पास एक औरत है।" वह धीरे-धीरे उठा।

उसी पल दूसरे पुलिसवालों में से एक को बाँह पकड़कर खींचता हुआ काइ धड़ाम से कमरे में घुसा।

"हाय, हाय," पहले वाले ने कहा, "कितनी जल्दी में हैं अपना कोई बात नहीं, हमें वैसे भी तुम्हारी यहाँ ज़रूरत थी। पासपोर्ट, कार के काग़ज़।"

"यहाँ हो क्या रहा है?"

"काग़ज़!"

"अच्छा होगा कि तुम उन्हें दे दो," लूसिआ ने धीमे से कहा।

"बहुत समझदार, तुम्हारी औरत समझदार है। ठीक है, दो सौ गिल्डर हुए।"

"किस वास्ते?"

पुलिसवालों ने एक-दूसरे को हैरत से देखा।

"ये लोग हमेशा बेवकूफ़ी के सवाल करते हैं।" उस पुलिसवाले ने कहा जिसने लूसिआ की तलाशी ली थी।

"दो सौ गिल्डर। वर्ना तुम्हें कुछ और रुकना पड़ेगा।"

काइ ने अपने बटुए से दो सौ गिल्डर निकाले।

"जब तुम यहाँ से लौटोगे तो तुम्हें ये वापस मिल जाएँगे। अगर तुम कभी लौटे तो।"

"मुझे रसीद चाहिए।"

"परसों।"

लूसिआ ने अपना हाथ काइ की तरफ़ बढ़ाया। उसने अपना पासपोर्ट जिसे किसी ने नहीं देखा था, मेज़ से उठाया और वापस अपने जेब में रख लिया। धीरे-धीरे वे बाहर गये।

"बहुत समझदार लोग हैं," अपने पीछे दरवाज़ा बंद होने से पहले उन्होंने सुना। वे चुपचाप अपनी कार को लौटे। रुकावट का खंभा ऊपर उठा और खिड़की के पीछे के मुस्कराते चेहरों को न देखते हुए वे दक्षिण नेदरलैंड में दाखिल हुए।

9

एक परिदृश्य और एक मनःस्थिति की पृष्ठभूमि के सामने अब तीन चीजें तुरंत एक के बाद एक होती हैं। दर्रे की दूसरी तरफ़ का दृश्य क्रूर है। "ऐसे स्थलों पर आकर्षण के कई समान उदाहरण प्रस्तुत किए जा सकते हैं," देमेत्रिउस शैली पर अपने निबंध में कहता है, और निस्संदेह, यह आकर्षण के विपरीत, कुरूपता के लिए भी उतना ही लागू होता है। इस बिंदु पर एक बार फिर पर्वतों के विवश कर देने वाले प्रभाव का बखान करने का लालच होता है, विशेषतः यदि तुम्हें ऐसा करने में आनंद मिलता हो, किंतु मैं इससे अधिक कुछ भी नहीं कहूँगा कि वे क्रूर होते हैं और इससे काइ और लूसिआ की मनःस्थिति पर प्रभाव पड़ता है।

जब वे निर्दय मोड़ों के बीच से फिरकियाँ खाते हुए गुज़रते हैं तो काइ को उबकाई आने लगती है इसलिए उन्हें रुकना पड़ता है। वे ऐसा एक खंदक की बग़ल में करते हैं और जब वह गाड़ी के बाहर खड़ा होता है, बर्फ़ीली हवा उसकी आँख में धूल, कंकरी, काँच का एक कण उसकी आँख में फूँक देती है, जैसा कि उसके सपने ने पहले ही बता दिया था। गाड़ी में लगे शीशे में वह देखने की कोशिश करता है कि वह क्या है। जब आपकी आँख में कुछ पड़ जाता है तो आप खुद साफ़-साफ़ नहीं देख पाते, आप एक पनीले धुँधलेपन के ज़रिए ताकते हैं और आईने में ऐसे किसी को देखते हैं जिसकी आँख उससे अलग है जिसके आप आदी हैं, या शायद आप अपनी आँख पहली बार देखते हैं। मुझे लगता है कि जब लोग अपने चेहरे को देखते हैं तो वे अपनी आँखों को नहीं देखते, वे उनसे कतराते हैं हालाँकि उन्हें देखते ज़रूर हैं। यदि, इस वक़्त काइ की तरह, वे अपनी आँख को पास से देखने के लिए मजबूर होते हैं तो उन्हें एक अजनबी, अलग चीज़ दिखाई देती है जो आँख होती है, ख़ून के अपने लाल-सरीखे उभार के साथ और यह एक डरावना दृश्य होता है। लेकिन और भी ख़राब यह है : यदि जिससे तुम देखते हो वह अलग हो जाती है तो शायद हर चीज़ अलग हो जाती है, तुम्हारे अपने समेत। कुछ इसी तरह का काइ के साथ

हो रहा है। क्या अब वह अचानक एक दूसरा व्यक्ति हो गया है? नहीं, बेशक़ नहीं। वह जो संपूर्ण था उसमें से कुछ छील दिया गया है, एक 'वुंडे', एक घाव, जैसा कि दक्षिण के एक क़िले में कोई बाद में उसे कहेगा और जैसा कि हर घाव के साथ होता है, वह कितना भी छोटा क्यों न हो, आदमी जो होता है उसका एक हिस्सा उसमें बिला जाता है। इसलिए उसके बाद जल्द ही वह एक मोड़ बहुत ज़्यादा चौड़ाई से लेता है और चट्टान से टकराता है जिससे बायाँ बचाव-पट्टा दाहिने पहिए में धँस जाता है और वे आगे नहीं जा सकते। अब वे मौन दृश्य में निश्चेष्ट खड़े हुए हैं। बहुत देर तक कोई नहीं गुज़रता। फिर वे दोनों एक एंजिन की आवाज़ सुनते हैं, लेकिन अंदाज़ नहीं लगा पाते कि वह किस तरफ़ से आ रही है। वे सड़क पर निकल आते हैं ताकि हाथ हिलाकर गाड़ी को रोक सकें। आवाज़ चट्टानों के पीछे ग़ायब हो जाती है, फिर आती है, दुबारा ग़ायब हो जाती है और ज़्यादा ज़ोर से लौटती है।

आख़िरकार जो नमूदार होती है वह एक बड़ी काली तात्रा है, एक चेक कार जो किसी और चीज़ से ज्यादा एक जानवर से मिलती-जुलती है, जिसके पीछे एक डैना बना हुआ था, एक शिकारी पशु की तरह। वह नहीं रुकती लेकिन उसके गुज़रने के एक क्षण में वे उसमें एक औरत का सफ़ेद, बर्फ-जैसा ठंडा, तीखी रूपरेखा वाला आकार देखते हैं। जैसे बर्फ़ की बनी हुई हो, लूसिआ सोचती है, और यह बिम्ब सही है। यही नहीं, वह कार के गुज़र जाने समेत, प्राकृतिक व्यवस्था का अंग है। यहाँ सब कुछ इसी तरह होता है। वे दाख़्क़ार्त में अपने पहले कार्यक्रम के लिए सही वक़्त पर नहीं पहुँच पाएँगे, और यह भी प्राकृतिक व्यवस्था का हिस्सा है।

दूसरी कार आती है, जिसमें तीन सीमा-रक्षक हैं। वे अलग हैं। वे जानकारी चाहते हैं, उनके सूटकेस, काग़ज़ात, सब-कुछ देखना चाहते हैं। एक लूसिआ की पोशाक निकालता है, उसे अपनी वर्दी के सामने पकड़ता है और नाचने का स्वाँग करता है और चटियल पहाड़ों की पृष्ठभूमि में यह मज़ाहिया है।

दूसरा कुछ नहीं कहता, कपड़े को अपनी अँगुलियों से फिसल जाने देता है, और लूसिआ को तकता है। तीसरा दोस्ताना ज़ाहिर करता है। वह जानना चाहता है कि वे लोग क्या करते हैं और उनसे प्रदर्शन करने को कहता है। यह दक्षिण में उनका पहला कार्यक्रम बन जाता है। हवा उनके कपड़ों को खींचती है, सर्दी काटती है। रक्षक ने काइ को एक भूरे रंग का दस्तावेज़ दे दिया है। काइ ने लूसिआ की आँखों पर पट्टी बाँध दी है; वह कुछ दूरी पर खड़ी हुई है और खड्ड में गिरने से डर रही है। काइ के चेहरे पर अब गहरी एकाग्रता का भाव आ जाता है। वह उस काग़ज़ को गौर से देखता है, उस पर अपना बायाँ हाथ इस तरह घुमाता है जैसे उस पर जादू

डाल रहा हो, फिर ऐसी ही हरकत अपने दाहिने हाथ से करता है। तीनों आदमियों की आँखें उसकी एक-एक चाल पर घूमती हैं। फिर वह कुछ वीर-भाव से अपना सिर उठाता है। ब्रह्मांड से एक संदेश आता है जिसे मस्तिष्क की शक्ति से उसे लूसिआ को पहुँचाना है क्योंकि वही उसे समझ सकती है।

"क्या तुम तैयार हो?"

"हाँ।"

"क्या तुम शक्ति को महसूस कर सकती हो?"

"हाँ।" वह एक धीरे से काँपता हुआ हाथ उठाती है।

"मेरे हाथ में क्या है, लूसिआ, मेरे हाथ में क्या है?"

"भूरा..."

"हाँ।"

"काग़ज़... एक छोटी किताब?"

"हाँ।"

स्वर में परिवर्तन और प्रश्नसूचक ध्वनि के बाद वह हिचकिचाती है। जब यह दृश्य चल रहा है और मैं उसका वर्णन कर रहा हूँ (ऐसी चीज़ें साथ-साथ होती हैं), मैं अपने-आप से पूछता हूँ कि क्या कभी भूकंपशास्त्रियों ने ऐसे जादूगरों की गुप्त भाषा का अध्ययन किया है। लूसिआ के सुनहरे बाल पट्टी के आसपास लहराते हैं। वह देखती है कि उन आदमियों को समझ में नहीं आ रहा कि किसे देखें।

"उस पर क्या लिखा हुआ है?"

"एक संख्या।"

"उस संख्या में आख़िर कितने अंक हैं?" यानी सात होने चाहिए।

"अ... सात अंक हैं।"

"और अंक क्या हैं?"

"दो... तीन..."

"दो, तीन, और उसके बाद?"

"नौ"

"बढ़िया।"

"छः"

"तीन अंक और।"

"पाँच।"

"बहुत बढ़िया।"

"सात, छः।"

तालियाँ, जिन्हें हवा का एक झोंका सहायता देता है। काइ उसकी पट्टी खोल देता है, और वह अपने बाल झटकती है। वह दमकती हुई दिखती है। लोगों से भरा नाटकघर या देहाती सड़क पर तीन आदमी, कोई फ़र्क़ नहीं पड़ता। उसने प्रदर्शन कर दिया है, उसने अपने आसपास को अंशमात्र बदला है, उसने दिन में कुछ परिवर्तन किया है। न्यूनतम, लेकिन फिर भी अब वह एक ऐसे लेखक की तरह ख़ुश है जिसने एक परी-कथा सुनाई है और बीच में रुकावट नहीं डाली है। ये सारी वस्तुएँ वे हमसे छीन ले जाते हैं और जो हमारे पास बच रहता है वे हमारे पिछले इलहामों के कुतरे हुए चीथड़े ही होते हैं। चुप रहो, तिबूरोन!

वे तीनों आदमी बचाव-पट्टे को एक इस्पात की छड़ की मदद से पहिए से खींच लेते हैं– यह उनकी जादुई कला है। एक या दो घंटे बाद, पुलिस गाड़ी के पीछे-पीछे, काइ और लूसिआ दाख़्फ़ार्त में दाख़िल होते हैं। खंभेदार अँधेरे गलियारे, दिशा और दूरी दिखाने वाले पट्टे जिनमें अम्स्तर्दम के आगे एक चार अंकों वाली संख्या लिखी हुई है, और, बाक़ी के नाम पर, असंभव नाम, पुरानी अमरीकी गाड़ियाँ, सड़कें गड्ढों से पटी हुईं। लेकिन, काइ ने सोचा–हालाँकि सिर्फ़ इसलिए कि मैं चाहता हूँ कि वह सोचे–ख़ुशी का एक झोंका भी, कम उजाले वाले कहवाघरों में बैठे लोगों के टोल, फलों के ठेले और सुगबुगाती आग के ऊपर अफाता गोश्त। जब वे ख़स्ताहाल नाटकघर पहुँचते हैं, तो वह नहीं, लूसिआ ग़ौर करती है कि एक सीमा-रक्षक अपने सिर के इशारे से दूसरे का ध्यान उस काली तात्रा की ओर दिलाता है, और दूसरा अपने कंधे झटक देता है। वह उस औरत के चेहरे को याद करती है और काँपती है, जैसे वह औरत और शाम की हवा एक ही रही हों।

10

नाटकघर के निर्देशक को पसीना आ रहा है, सारा थिएटर पसीने और मेकअप से गँधा रहा है। पंखों और ओ-द-कोलोन्य के बरक्स ऐसा ही होना चाहिए। काइ और लूसिआ के लिए अब न तो कोई पहाड़ हैं, न ठंढ और न दक्षिण। अब सिर्फ़ घबराए हुए लोग हैं मंच के पीछे के गलियारों में भागदौड़ करते हुए, रँगे-पुते या आधे रँगे-पुते चेहरे, मज़ाक़ों और जुमलेबाज़ियों का फुर्तीला लेन-देन, नक़ली गहनों की गहरी दमक, जोकर का मुखौटा और ज़बर्दस्त जूते, वाद्यों का सुर मिलाना। कुछ भी वास्तव नहीं है इसलिए सब-कुछ सही है। उन्हें एक छोटा-सा तैयारी का कमरा दिया गया है : नल के पानी का रंग मिलावटी ख़ून जैसा है, दूसरे लोगों के काजल के काले कीचड़ से सने हुए रुई की गेंदों के फाहे बिखरे पड़े हैं, आईना तिड़का हुआ है और उनकी अनिंद्य परछाईं को तोड़ता है। वे सिर्फ़ परेशानी महसूस करते हैं—बाकी कुछ भी महत्त्वपूर्ण नहीं है। जो वे सुनते हैं, ठीक जैसे नाविक दूर से समुद्र को सुनता है, वह है, दूसरों को न सुनाई देने वाली, तमाशबीनों की आवाज़, एक ऐसा ज़िंदा जानवर जो या तो उन्हें खा जाएगा या उगल देगा। वह पोशाक, जो उस सीमा-रक्षक की वर्दी के बरक्स एक अश्लील झंडे की तरह थी, मटमैले उजाले में चमक रही है। काइ की पोशाक किसी बैरॉक चीज़ का ग़लत समझा गया रूप है, वह बैंगनी चमक लिए हुए काले रंग की है, जो उसके बालों से मेल खाने के वास्ते है। वह पाउडर लगाकर अपना चेहरा सफ़ेद कर लेता है तथा अधिक कुरूप बन जाता है ताकि मंच पर और सुंदर दिखे, सुंदरता का एक विकृत रूप अपने ही नकार पर आधारित, जैसे उन्नीस सौ बीस के दशक के वे अभिनेता जो अपने जबड़े तो चलाते थे लेकिन उनसे कोई शब्द बाहर नहीं निकालते थे।

दरवाज़े को ठोका जाता है और अब उनकी बारी है। वे मंच के बाजू में अपनी जगह पर प्रवेश के लिए तैयार खड़े हो जाते हैं और देखते हैं कि जोकर, एक मोटा बूढ़ा, उस गेंद को पकड़ने की कोशिश कर रहा है जो ख़ुद उसने हवा में उछाली है।

लेकिन वह गेंद, जो नियति की प्रतीक है, स्वयं एक व्यक्ति है। वह विदूषक की प्रतिद्वंद्वी है। वह विदूषक को चिढ़ाती है, छकाती है, उससे छूट जाती है, उसे छकाती है, जो और भी बूढ़ा, और ज़्यादा निराश हो जाता है, और अंत में, बिगड़ैल दुनिया पर आख़िरी बार काबू पाने की कोशिश में सिर के बल, तालियों की गड़गड़ाहट के बीच, फ़र्श पर गिर पड़ता है और विलाप करता हुआ हाथों-पैरों के बल घिसटता हुआ काइ और लूसिआ के पैरों के पास से गुज़र जाता है, जो अब मंच पर दाख़िल होते हैं। चुप्पी छा जाती है, और यह एक ऐसी चुप्पी है जिसे वे जानते हैं, ऐसे दर्शकवर्ग की चुप्पी जो अब अपने मामूलीपन का अनुभव कर रहा है। वे बहुत ज़्यादा सुंदर हैं, और इसका ख़म्याज़ा भरने के लिए उनके पास कुछ मिनट ही हैं, वे मिनट जो प्यार और नफ़रत के बीच फ़ैसला करेंगे और फिर, वे एक जोड़ा हैं। मुझे हमेशा डच शब्द 'पार' प्यारा लगा है, अंग्रेज़ी शब्द 'पेअर' जैसा ही है वह। लेकिन जोड़े के लिए स्पानी शब्द 'पारेख़ा' बहुत लम्बा है —जब आप उसे काफ़ी ज़ोर से कहते हैं तो वह जोड़ता ज़रूर है लेकिन वह 'पार' जैसा पूर्ण संबंध कभी नहीं बन पाता। जोड़ा, या जोड़ी, सबसे छोटा मानवीय योग है और इसलिए, क्योंकि वह दूसरों को बाहर रखता है, वह असह्य है। यह एक अफलातूनी आदर्श अवधारणा है, जिसे यथार्थ में बर्दाश्त नहीं किया जा सकता, निस्संदेह उस वक़्त तो नहीं जब, काइ और लूसिआ के मामले में, ऐसा लगे कि वह अवधारणा अवेध्य, एक बार फिर 'ब्लामेलेस,' है। उसे एक संभावना ही रहना चाहिए था, यदि वह विजयी न हो तो उसे मंच पर खड़ी नहीं होना चाहिए।

जिस वक़्त पर्दे के पीछे से निदेशक की आवाज़ उनका परिचय करवाती है, काइ सभागार में चलकर आता है। वह उस आवाज़ को नहीं सुनता जो अब कह रही है, "और होशियार रहिए! यदि आपके पास कुछ भी ख़तरनाक़ है, कोई भी ऐसी चीज़ जो आपको परेशानी में डाल दे, कुछ भी ऐसा जो किसी और को देखना या जानना नहीं चाहिए, तो उसे दूर हटा दीजिए, बहुत दूर, क्योंकि काग़ज़ का हर वह टुकड़ा, हर दस्तावेज़, हर ख़त जिसे काइ छुएगा, लूसिआ देख लेगी, हिज्जे कर लेगी, पढ़ देगी। जिस जादुई शक्ति को वह उसे देता है, लूसिआ उससे हर चीज़ देख लेती है, बिना आँखों के, हर चीज़, उससे कुछ नहीं छूटता!"

काइ ने पहले ही देख लिया है कि यह एक बढ़िया दर्शकवर्ग है। वे आस्था रखते हैं, वे अभी बिगड़े नहीं हैं। वह कतारों के बीच एक मोर की तरह खड़ा होता है, अपने शिकार चुनता है, तय करता है किसे चुनेगा और किसे नहीं। उसकी शक़्ल-ओ-सूरत, उसकी इतनी नज़दीकी, उसका उत्तरी उच्चारण—ये चीज़ें उत्तेजित

करती हैं। सारी आँखें उस पर से होकर मंच पर खड़ी उस प्रतीकात्मक औरत पर टिक जाती हैं, एक सुनहरे बालों वाली औरत जो रोशनी में हौले-हौले हिल रही है जैसे अभी से ही वह रहस्यमय शक्तियों से विचलित हो रही हो और जो, अपने अँधियारे अवगुंठन के पीछे, उन नामों और आँकड़ों को निगल लेती है जो उस तक पहुँचाए जाते हैं। क्या यह कोई तरक़ीब है, या वह संख्या के बाद संख्या, अक्षर के बाद अक्षर, अदृश्य हवा के ज़रिए उस तक पहुँचा रहा है? और, बदतर सवाल, क्या ये जितना बतलाते हैं उससे भी ज़्यादा देख लेते हैं, ये दो जादूगर, क्या ये वे उन दूसरे, और अँधियारे रहस्यों को भी जान जाते हैं जो हर एक अपने में लिए रहता है?

हॉल में पीछे की तरफ़, एक बॉक्स में, तात्रा वाली औरत बैठी हुई है। काइ उसे तभी देख पाता है जब वह उसके बहुत ज़्यादा नज़दीक़ पहुँच चुका होता है, जब बहुत देर हो गई होती है। वह बॉक्स में अकेली नहीं है।

"शर्माओ मत, भलेमानस, बस अपनी कहानी सुनाते चलो!" यह यहाँ सारागोसा में मैं अपने आप से कहता हूँ, या कुछ-कुछ अपने एक हिस्से से, इंजीनिअर से, उस शख़्स से जो हमेशा खुद को सही ठहराना चाहता है। जादूगर के बतौर मैं ज़्यादा चल नहीं पाऊँगा! यह कैसे हो सकता है कि मैं यह देख सकता हूँ कि उस बॉक्स में क्या हो रहा है? बेवक़ूफ़ी-भरा सवाल, और वह भी बहुत देर से। यह कैसे हो सकता है कि मैं उस सफ़र पर गया, कि मैंने वह देखा जो काइ ने नहीं देखा, कि उस सीमा-रक्षक ने लूसिआ की बेइज़्ज़ती की? मैं कैसे जानता हूँ कि वे क्या सोचते हैं? यह ऐसा ही है जैसे काइ अपने तमाशबीनों को बतला रहा हो कि वह अपना कमाल कैसे करता है, और यह कि वह तमाशबीनों के साथ सबसे बुरी हरकत है, वह सारे कानूनों के ख़िलाफ़ है। यह आस्था को कमज़ोर करता है; यह मज़ा किरकिरा करता है। मैं फिर ऐसा नहीं करूँगा। यह अड़ंगेबाज़ी है, शांति का भंग करना है, सड़क की बुरी सतह है।

लेकिन हम यहाँ पहले ही बॉक्स में हैं। वह अकेली नहीं है, फिर भी सबसे अच्छा उसे पहले देखना है। उसकी उम्र का अंदाज़ा लगा पाने का कोई सवाल ही नहीं है। बर्फ़, लूसिआ ने सोचा था, लेकिन फिर उस तरह के बर्फ़ के आभास के साथ जो काँच जैसा दिखता है, जिसे फ्रेंच लोगों ने बर्फ़ के लिए अपने शब्द 'ग्लास' में बचा रखा है। यह औरत लोगों को अपने बारे में कुछ भी जानने के लिए अपनी तरफ़ देखने की इजाज़त नहीं देती, उसकी त्वचा आदमी की निगाह को परावर्तित कर देती है, और वह विचार जो उसके आसपास मँडराता रहता है यही कहता है कि वैसा ही बेहतर है, क्योंकि यदि विचार को प्रवेश दिया जाए तो देखने वाला उस बर्फ़ीले ठंढे पाताल में चला जाएगा जो काँच के नीचे मौजूद है।

वह बर्फ़ की मलिका है— लोग उसे यही कहते हैं। उसे कभी शब्दों में अभिव्यक्त न कर पाते हुए काइ बाद में देखेगा : यह औरत उसी कोटि की है जिसकी लूसिआ है : सम्पूर्ण शरीरों की, लेकिन उसका शरीर मृत्यु से सम्बद्ध है। वह काइ को आते देखती है जैसे मकड़ी मक्खी का इंतज़ार कर रही हो। अपने साथ बैठे अपने से ज़्यादा उम्र वाले आदमी से वह कुछ कहती है, जो अपना सिर हिलाता है, मना करने की कोशिश करता है, फिर भी काग़ज़ का एक टुकड़ा देता है जो उसने माँगा था, अपने कंधे झटकता है, नहीं जानना चाहता कि वह क्या लिख रही है, नहीं देखना चाहता कि वह उसे अपने पीछे बैठे कम उम्र के आदमी को दे रही है। दर्शकों को काइ को देखने के लिए मुड़ना पड़ता है जब वह, रोशनी के उस खंभे में जो उसे घेरे हुए है, उस औरत के बॉक्स की तरफ़ बढ़ता है।

जब वह, वह औरत और उसके साथ बैठे दोनों आदमी रोशनी के घेरे के तले आते हैं तो तमाशबीनों में एक आह फैल जाती है, जैसे मुक्केबाज़ी के उस मुक़ाबिले पर जब कई छोटी मुठभेड़ों के बाद अंत में वह क्षण आता है जब सूरमा मंच पर आते हैं। वे उसे जानते हैं। वे उसे वक़्ती तौर पर भूल गए थे, या शायद वह सिर्फ अपनी मौजूदगी की वजह से ही उस शाम के रोमांच का हिस्सा थी; लेकिन अब वे उसे नहीं भूल सकते थे। वह एक जमी हुई सफेद गुड़िया की तरह बैठी हुई है; उसके जवाहरात उस पर पड़ रही रोशनी को लौटा रहे हैं और उसके सामने खड़े नौजवान को चौंधिया रहे हैं, जो जानता है कि वह अब पीछे मुड़ नहीं सकता। वे एक-दूसरे पर निगाह गड़ाते हैं, लेकिन बराबरों की तरह नहीं। सूई भी गिरे तो मैं सुन सकता हूँ।

11

लूसिआ काइ की आँखों की तकलीफ़ को महसूस करती है, महसूस करती है कि उसने तमाशबीनों को खो दिया है। वे एक-दूसरे से अलग दिशाओं में साँस ले रहे हैं। अपनी अपारदर्शी पट्टी से वह हॉल के पिछले हिस्से में काइ का अँधियारा आकार देखती है। उसका शरीर बॉक्स में बैठी औरत के आड़े आ रहा है लेकिन लूसिआ जानती है कि वह वहाँ बैठी हुई है। वह देखती है कि उसके पास बैठा हुआ ज़्यादा उम्र वाला आदमी, जिसका चेहरा उस अभिनेता की तरह है जो किसी अफ़सर की भूमिका निभा रहा है, देखा जाना पसंद नहीं करेगा। दूसरे आदमी को वह देख नहीं पाती। वही काइ को वह काग़ज़ का पुर्ज़ा देता है।

"लूसिआ, क्या तुम मुझे सुन सकती हो?" तमाशबीन मैदान में साँड़ की तरह मुड़ते हैं।

"लूसिआ?"

"हाँ।"

"मेरे पास यहाँ..." वह मुड़ता है। लूसिआ अपना सिर झुका लेती है मानों हाल में हो, और कहती है, "एक सफ़ेद काग़ज़ का टुकड़ा।" साँड़ बुदबुदाता है, खुद से बात करता है, अपना ज़बर्दस्त सिर हिलाता है।

"क्या तुम देख सकती हो उस पर क्या लिखा है?"

उस पर मैं लिखी हुई हूँ, उस पर तुम लिखे हुए हो। वह यह सोचती है लेकिन उसे ऐसा बोलने की इजाज़त नहीं है। उसने एक कदम बग़ल में ले लिया है। वह उस औरत को देखती है, उसके पीछे युवक को, जो उत्सुकता से सामने झुका हुआ है। उसके बाल उजले हैं लेकिन उसमें ख़ानाबदोशों जैसा कुछ है। उसे मज़ा आ रहा है।

"यह एक आदमी ने दिया है..."

"हाँ... नहीं..."

यदि हम आधिभौतिक वस्तुओं में विश्वास नहीं करते, और हम इस पर सहमत हो चुके हैं, तो फिर हम किस पर विश्वास करते हैं? उसने उसे अपनी गुप्त भाषा में बता दिया है कि बात बन नहीं रही है, कि उसे अपने आपको जो भी सबसे अच्छा तरीक़ा हो उससे बचाना होगा। वह उसे यह कहने दे सकता है कि काग़ज़ पर क्या लिखा है, लेकिन उसे यह कहने की इजाज़त नहीं है।

क्या मैं जानता हूँ कि उसमें क्या लिखा है? हाँ, मैं जानता हूँ कि उसमें क्या कहा गया है। लूसिआ उसका अंदाज़ लगा सकती है। हम वह नहीं कहते हैं। दूयूमा, बाप और बेटे, हँसो मुझ पर। लेकिन तमाशबीनों में से कोई नहीं जानता कि उसमें क्या लिखा है। कोई भी नहीं, सिवा उस औरत के जिसने वह लिखा, और काइ, जो वह पढ़ रहा है। जो शक्ति, यदि आप उसे वह कहना चाहें (मैं तो नहीं), मुझमें है वह ऐसे आदमी की है जो एक स्कूल के कमरे में बिल्कुल अकेला है। जो कुछ ईजाद कर रहा है। ईजाद करने का मतलब है फ़ैसले लेना। उसके आगे मैं कुछ नहीं कर सकता। लूसिआ अचल खड़ी है, बॉक्स में बैठे दल का सामना करती हुई।

"कोई संख्या नहीं...?"

"नहीं।"

"शब्द, मुझे शब्द दिख रहे हैं।"

"हाँ।"

वह काँपने लगती है। वह धीरे से मुड़ता है और वह एकमात्र संभव चीज़ करती है।

"वे बहुत... सख़्त हैं..."

फिर वह गिरती है, जिस तरह सिर्फ़ एक क़लाबाज़ गिर सकता है, जैसे किसी धीमी रफ़्तार की फ़िल्म में। बेहद मीठे तरल ढंग से उसके अंग मुड़ते हैं, वह अपने आप पर गेंडुली बनाती है। लकड़ी के उसी फ़र्श पर जिस पर कुछ मिनट पहले अपमानित विदूषक रेंगा था, एक सीधी खड़ी औरत कपड़ों का एक पिरामिड बनकर ध्वस्त हो जाती है जो उस वक़्त तक और धँसता जाता है जब तक वह मंच पर पड़ा एक निश्चेष्ट शरीर न बन जाए, उसका सिर अपने लम्बे बालों के साथ कलाकारी से सामने मुड़ा हुआ ताकि फ़र्शी रोशनियाँ उसे एक गहरी सुनहरी दमक दे सकें।

कुछ ही कदमों में काइ उसके पास है, उसे उठाता है, एक मोर मोरनी को अपनी बाँहों में थामे हुए। वह उसे हौले से नीचे रख देता है, वह इस तरह खड़ी होती है जैसे अपने आसपास की हवा में संतुलन खोज रही हो। साँड़ बुदबुदाता है। फिर काइ जल्दी से पहली कतार की तरफ़ मुड़ता है, जिससे रोशनी कुछ क्षणों के लिए उसकी

पोशाक की हर शल पर चमकती है, वह किसी के तैयार हाथ से एक काग़ज़ छीन लेता है, बीच के गलियारे तक जाता है और लूसिआ से सब बताने को कहता है : नाम, संख्या, उम्र, ऊँचाई, आँख का रंग। सब देख सकते हैं कि वह सही है, वह सही है, और तारीफ़ और तालियों की एक लहर पर वे मंच से चले जाते हैं, वे एक बार फिर लौटते हैं, मुस्कराते हुए, झुकते हुए, दयनीय वाद्य-वृंद की धुन पर लगभग नाचते हुए।

तमाशबीन तालियाँ बजाते रहते हैं। लूसिआ ने अपनी पट्टी हटा दी है। वह उसकी तरफ़ सवालिया निगाह से देखता है और वह हामी में सिर हिलाती है। उनकी यह रस्म है कि जब बहुत ज़्यादा तालियाँ बजें तो एक बार फिर मंच पर आएँ, अलग-अलग, और लूसिआ आख़िरी में। वह तालियाँ सुनती है और मंच के पीछे नीम-अँधियारे में काइ का रास्ता काटती है। फिर वह रोशनी में अकेली खड़ी होती है, जैसे उन सख़्त, गँवार-जैसी तालियों से जीवन ग्रहण कर रही हो, और उनके थमने से पहले चली जाती है। उसे मंच के पीछे काइ नहीं दिखता और वह तैयारी के कमरे में चली जाती है।

दरवाज़ा खुला हुआ है, लेकिन वह वहाँ नहीं है। पक्का जानने के लायक अभी बक़्त नहीं गुज़रा है, फिर भी वह जानती है। वह चला गया है। वह मंच के पास लौटती है, जहाँ अब कोई गाने में व्यस्त है, और पर्दे के पीछे से सभागार में देखती है। बॉक्स खाली है, वह औरत और उसके साथी चले गए हैं। वह काइ का नाम पुकारना चाहती है लेकिन पुकार नहीं सकती, और सार्वजनिक हिस्सों को जाने वाले निकास को खोजने की कोशिश करती है। जब वह उसे मिल जाता है तो वह अब अपनी अचानक मूर्खतापूर्ण लगने लगी पोशाक में गोलार्ध के आकार के गलियारों में तब तक भटकती है जब तक उस बॉक्स तक न पहुँच जाए। उसका दरवाज़ा खुला हुआ है। वह खिरी हुई गादियों और सिरहानों को देखती है, दर्शकों को पीछे से देखती है, एक ऐसी उल्टी हुई दुनिया जिससे उसका डर बढ़ जाता है। वह उस पुर्ज़े को नहीं देखती जो एक कुर्सी के नीचे पड़ा हुआ है। वह फिर दौड़कर मंच के पीछे जाती है, मैनेजर को ढूँढती है, उसे नहीं खोज पाती, अपने तैयारी के कमरे के दरवाज़े के सामने से गुज़रकर अगले में घुसती है, जो विदूषक का है। गेंद छोटे कमरे के बीच में पड़ी है, बहुत ज़्यादा बड़ी और पीली, लम्बे, मुड़े हुए जूते एक पुराने सूटकेस से टिके हुए हैं, लेकिन लम्बे फ़लालैन का कोट पहने आईने के सामने अपना मेकअप पोंछता हुआ आदमी एक बूढ़ी औरत है।

12

जब उन दोनों आदमियों ने काइ को एक भारी काले कपड़े से ढँक लिया तो वह उसके ख़िलाफ़ कुछ कर नहीं पाया : वह इतनी फ़ुर्ती से हुआ था। वे बॉक्स में बैठे हुए आदमी नहीं थे, उसने ग़ौर किया। बाकी उसे सिर्फ़ उस कपड़े की तीखी, बदहवास कर देने वाली गंध और एक ऐसे लम्बे गिरने की अनुभूति हुई जो कभी ख़त्म नहीं होगा, जब वह जान पाएगा कि क्या हो रहा था तब भी नहीं। तो जो हुआ वह यह था।

कार में भी वह गिरता जा रहा था और वैसा कब तक चलेगा इसके समय की कोई सीमा नहीं थी। अब वह एक कमरे में लेटा हुआ था, निश्चल, हमेशा गिरता हुआ, और हालाँकि अब भी कोई समय-सीमा नहीं थी कि कब तक ऐसा होगा, लेकिन उस गिरने में ही अब कई फ़र्क़ थे। जबकि उसका गिरना धीरे हो रहा था, दूसरे, तीव्रतर बिम्ब उसमें से होकर छिटक रहे थे, और इनमें से कुछ बिम्ब उस गुरुत्वाकर्षण शक्ति से किसी अलग के अधीन थे जिसका पालन स्वयं उसे करना पड़ रहा था : जिस बिंदु की ओर वे खिंच रहे थे वह उसके पार्श्व में था, ऊपर भी था, जिस कारण ऊपर गिरते हुए वे उसके मार्ग को काटते थे, जिससे उसका सिर चकराना और भय बढ़ते जाते थे। उसके आँखें बंद रखने पर भी वह उन्हें देखता था, जबकि उसका हाथ बिस्तर के किनारे को पकड़े हुए था—सड़क, तीखे मोड़, उस तात्रा की बत्तियों की चमक, जो उससे भी बड़ी थी जितनी बाहर से लगती थी। सिर्फ़ वही उसमें नहीं था, दोनों आदमियों के बीच भिंचा हुआ, बल्कि वह औरत भी उसकी दृष्टि के बीच से गिर रही थी—जिस तरह से वह कार में बैठी हुई थी जब वह लाया गया था, उसके चेहरा वही भाव लिए हुए जो उस पर थिएटर में था। और वह भी दोनों आदमियों के बीच बैठी हुई थी, लेकिन वह मुक्त थी।

यह सफ़र कितना लम्बा चला था? उसे अँधेरा, उजाला, और फिर वही याद आए, लेकिन कोई सिलसिला नहीं था। अब वह अपने को सड़क के किनारे देखता

है, अपमानित, उल्टी करता हुआ और बाद में, अँधेरे में, उकडूँ बैठा हुआ, जबकि कोई जूते वाले पैर से उसे हल्के से जाँघों में मारता है। हँसी भी, लेकिन उसने उसे देखा भर था, उसने उसे सुना नहीं था। वह वह नहीं थी जिसने हँसा था और उसने उसे नहीं देखा था, सड़क के पास उकडूँ बैठे हुए, नीम-अँधेरे में कार एक बंद आकार ही रही। वह सड़क, वह सतह, जिस पर वह एक हाथ से टिका था गिरते हुए, समतल की गई गिट्टी का भूरापन, डामर की गंध—वह छूने में नुकीली थी, ऊबड़-खाबड़, एक खराब सड़क, जहाँ उसे किनारों से बराबर किया जाना चाहिए था वहाँ रेतीले गड्ढे थे, नर्म कंधे, जिन्हें स्पानी में 'कुएस्तास दूर्रेगुलारेस' कहा जाता है।

जंगल, काले जमे हुए। बर्फ़? हाँ, लेकिन और ऊपर, वहाँ नहीं जहाँ उनकी कार चल रही थी। उघड़े, बर्फ़-ढँके उतार, बहुत दूर चीड़, एक फ़ौज की तरह और पहाड़, बहुत ऊँचे नहीं, और भी दूर, धुँधले, हर अगली शृंखला और भी धीमी उकेरी गई। कोई खाना नहीं, उसे कुछ भी खाना नहीं मिला था। सिर्फ़ एक फ़्लास्क से एक घूँट, गुनगुनी और कड़वी। फिर और उल्टी और नींद। सपने। लूसिआ, लेकिन बहुत दूर, पहुँच से परे। जिस आदमी ने उसे वह काग़ज़ का पुर्ज़ा दिया था वह वहाँ मौजूद था जब वह कार में दाखिल हुआ था, मखौल उड़ाता हुआ, अपने को निर्लिप्त रखे हुए। ज़्यादा उम्र वाला आदमी, सोया हुआ। या नहीं, लेकिन आँखें मूँदे हुए। बूढ़ा, अभिनेता हो सकता था। थिएटर में उसकी बड़ी चमकती हुई आँखें थीं, अब बंद और वह औरत, अचल, एक गुड़िया, उसने उसे एक बार देखा था, जैसे ऊँचे झूले पर बहुत ऊपर से, छलाँग से पहले दूरी को, गिरने और थामने के बीच अंतर को नापने वाली निगाह।

एक मैदान, और फिर ज़्यादा जंगल। सड़क अपने-आप आगे बहती हुई, घाटी की गहराई खोजती हुई, पहाड़ियों के सबसे नर्म हिस्से, सड़क बनने से पहले पशुओं की प्राकृतिक राहें, हर मोड़ का स्थान प्रकृति की आवश्यकता, सड़क अपने आप पर चढ़ती हुई, खुद को पार करती हुई, किसी साँप की तरह। सड़क नदी को खोजती है पुल बन जाती है सड़क बन जाती है। कार चलाने वाले आदमी का आकार। काले कंधे, काली गर्दन, हाथ चके पर, रोशन डैशबोर्ड, हुड, और एक बार फिर सड़क, दूसरी दिशा में दौड़ती हुई, वह जिससे वे आए हैं, दूरी पर सँकरी, चौड़ी होती हुई, दोनों ओर से बहती हुई, एक आवाज़ करती हुई। फिर नींद में, बत्तखों की आवाज़? बत्तखों की आवाज़, फिर अब एंजिन की आवाज़ नहीं, या सिर्फ़ धीमी।

आवाज़ें। उसकी भाषा, किंतु तब भी उसकी भाषा नहीं। अलग तरह का संगीत। घृणापूर्ण, यह उसके लिए है, उसके बारे में है, वह जानता है। बजरी, दरवाज़े,

गलियारे, फिर और कुछ नहीं, उसके साथ कोई नहीं। वह अपनी आँख से कमरे को नापता है। ऊँचा, दो बड़ी खिड़कियों वाला। वह चिल्लाहटें को सुनता है, फिर एक दूसरी आवाज़, पुकारती हुई, एक गोली का धमाका, और चिल्लाहटों, चुप्पी, कदमों की आवाज़, नींद। वह लूसिआ के बारे में सोचने की कोशिश करता है, लेकिन जितने आगे अपना हाथ बढ़ाता है, उसका ख़याल पीछे हटता जाता है। यह उसका हाथ नहीं है। अब वह अपने बारे में सोचना चाहेगा, लेकिन सोच नहीं पाता। जब वह फिर कोशिश करता है, अलग तरह की रोशनी होती है, नहीं, एक रोशनी होती है। उसके बाजू में फलों की एक रकाबी रखी है और पानी का एक गिलास। वह उठ बैठना चाहता है। कमरा घूमने लगता है। वह अपनी आँखें बंद करता है और जब उन्हें फिर खोलता है तो टकटकी बाँध कर फलों को देखता है। वे वहाँ बहुत अचल पड़े हुए हैं। धीरे से, आह कितने धीरे से, वह अपना हाथ बढ़ाता है और उस विचित्र औजार को सबसे बड़े फल, एक सेब, की ओर जाते देखता है। उसके पीछे कुछ चमकता है और वह देखता है, अपनी दृष्टि के दूर छोर पर, अपनी हथेली के परे, फल से परे, एक घुटना। उसकी निगाह उठती है जैसे वह उठाया जा रहा हो। और उस बूढ़े आदमी की निगाह से मिलती है। उस आदमी की आँखें ग़ैर-दोस्ताना नहीं हैं, उनमें हमदर्दी-जैसा कुछ है।

13

लूसिआ दरवाज़े पर खड़ी है; बूढ़ी औरत पीछे घूम गई है और उसकी आँखों में भय देखती है।

"क्या बात है, मैं तुम्हारी कोई मदद कर सकती हूँ?"

"मेरा पति चला गया है।"

बूढ़ी औरत फ़ौरन जान लेती है कि काइ सिर्फ़ एक पल के लिए नहीं गया है, बल्कि जा चुका है। एक तरह की विपत्ति होती है जो तुरंत स्पष्ट हो जाती है : साफ़, बेलौस नियति। वह उठती है, लूसिआ का हाथ पकड़ती है, और गलियारों के बीच से चलती हुई, इमारत के बाहर जाती है। काली कार जा चुकी है। काइ और लूसिआ की गाड़ी अब भी खड़ी हुई है, उसके टायर कटे हुए हैं। जोकर उसे वापस इमारत में ले जाती है, उसे कुछ पीने को देती है।

"मैं क्या करूँ? मुझे पुलिस को चेताना चाहिए।"

"बेहतर है कि मत करो। क्या वह, वह औरत थी?"

लूसिआ हामी में सिर हिलाती है।

"लोग उसे बर्फ़ की मलिका कहते हैं।"

लूसिआ नाम दुहराती है। वे अजीब शब्द उस घुटन-भरे, तैयारी के कमरे में रुकते हैं, विदूषक के मुखौटों, खाली जूतों के बीच। उनसे एक ख़तरा आ रहा है। वह उन्हें एक बार और दुहराती है, अविश्वास और गुस्से से, खड़ी होती है और कहती है कि उसे *कुछ* करना पड़ेगा।

"हम कुछ करेंगे।"

"वह उसे क्यों ले गई है?"

उस बूढ़ी औरत को सिर्फ़ देखकर वह अधिक शांत अनुभव करती है। विदूषक का इस तरह का चौड़ा चेहरा है जिसमें एक विचित्र सौम्यता संचित है, ज्ञान का एक महान भंडार। सौम्यता, ज्ञान, ये केवल शब्द हैं। यह औरत मज़बूत है।

"क्यों?"

"क्योंकि वह चाहती थी। इस इलाके के जिस हिस्से में वह रहती है उसमें वह बहुत ताक़तवर है। वहाँ यहाँ बहुत नहीं आती लेकिन हर आदमी उसे जानता है। लोग कहते हैं कि वह डाकुओं का गिरोह है। किसी क़िले में, कहीं पूरब में, जंगलों के बीच। हम ज़रूर ढूँढ लेंगे।"

"डाकुओं का गिरोह! मैं परियों की कहानियों में विश्वास नहीं करती।"

"तुम ग़लती करती हो।"

"क्या ग़लती करती हूँ?"

"परियों की कहानियों में विश्वास न करके।"

"क्यों?"

"क्योंकि परियों की कहानियों के ज़रिये कई चीजें समझाई जा सकती हैं।"

परी-कथा यथार्थ पर फफूँद होती है। मख़ौल, क्षमा-याचना, फफूँद, रोग, व्यंग्य। विदूषक इन सारी चीजों को सोचती है, कमोबेश एक साथ, और कुछ नहीं कहती। उसे परी-कथाओं से नफ़रत है, लेकिन वह उनमें अविश्वास करने का कोई कारण नहीं है। मैं बाद में इस पर लौटूँगा।

लूसिआ अपने सामने की बूढ़ी मोटी औरत को देखती है, "अगवा कर लिया," वह हौले से कहती है मानों उस क्षण पर कोई मंतर पढ़ रही हो।

जहाँ तक मेरा सवाल है, यहाँ सारागोसा में, मैंने वचन दिया था कि मैं इस सब से बाहर रहूँगा, लेकिन बेशक़ मैं रह नहीं सकता। परी-कथा, मख़ौल, क्षमा-याचना—मैं जानता हूँ वह क्या कह रही है, लेकिन मैंने कभी उसे इस तरह अभिव्यक्त न किया होता। दरअसल, उसने यह नहीं कहा था। मैं पागल नहीं हूँ। लेकिन किसी ने मुझसे कहा होता तो? उसकी मुझे एक किलोमीटर क़ीमत चुकानी पड़ती। यदि मुझे किसी चीज़ का जवाब नहीं मालूम होता तो मैं कक्षा में इस छोर से उस छोर तक घूमता हूँ और सिगरेट पीने लगता हूँ। दुकादोस, लेकिन मैं उनका धुआँ निगलता नहीं हूँ वर्ना कभी का मर चुका होता। दस दुकादोस यानी एक किलोमीटर। मुझसे मत पूछिए कि मैंने यह हिसाब कैसे लगाया है, हालाँकि मैं इसका जवाब जानता ज़रूर हूँ। सच तो यह है कि ऐसे मामलों में बहुत सही हो सकता हूँ। आप किसी कहानी को "एक वक़्त की बात है जब" से शुरू कैसे कर सकते हैं अगर आपको जवाब मालूम न हो तो? डच भाषा हमेशा मेरी मदद करती है, वह एक प्रेरणापूर्ण भाषा है। 'स्प्रोक्य', कहानी, कथा, जो कही जाती है, भाषा में कही जाती है। बोलने में ढाली जाती है, इसलिए दक्षिण में उसे कहते हैं 'स्प्रैक', जहाँ काइ और लूसिआ अभी हैं,

और वहाँ उसका मतलब सिर्फ़ होता है वह जो कोई *कहता* है, उसकी भाषा, उसके शब्द, उसकी बानी-बोली। 'स्प्रैक', भाषण, बोलना, बोले गए शब्द, बताए गए शब्द, कहानी—और मैंने उन्हें वहाँ देखा है, बाज़ारों में, 'स्प्रैक' बोलने वालों को, क्योंकि उन्हें यही कहा जाता है। लेकिन ठीक है, सारे शब्द अर्थ ग्रहण करते और खोते हैं, और एक परी-कथा का मतलब अब वह होता है जो आप अब भी सुनाते हैं लेकिन जो सच नहीं होती क्योंकि वह सच हो नहीं सकती। सच क्या होता है, और कब? होफ़मन के एक क़िस्से का विषय है एक कृत्रिम हृदय वाला आदमी, हालाँकि उसे परी-कथा नहीं, 'एर्त्सेलुंग', कहानी कहा गया है। और चंद्रमा पर मानव? पाँच सौ साल पहले वह संभव नहीं था, लेकिन उन दिनों किसी पोप का क़त्ल हो जाना सामान्य बात थी। मुस्कराहट वाला पोप, यह उबकाई दिलानेवाला उपनाम ईजाद किया था लोगों ने उस आदमी के लिए जिसे सिर्फ़ तैंतीस दिन पोप रहने की इजाज़त दी गई थी, यानी ईसा मसीह जितने बरस जिए थे उतने दिन। उसके बाद उसकी हत्या कर दी गई, या वह भी एक परी-कथा है?

उस ज़माने की कहानियाँ आज की वास्तविकता हैं, और इसका विपरीत भी है। तो इससे मैं कुछ भी आगे बढ़ नहीं पा रहा हूँ। एक परी-कथा होती क्या है? कहानी का एक संपृक्त रूप, जबकि एक कहानी यथार्थ की नक़ल नहीं बल्कि उसका एक संपृक्त रूप होती है, या होनी चाहिए, अपने मंद कालक्रम से फाड़कर निकाला गया इतिहास। आंदेर्सन को लीजिए, जो अक्सर एक धमाके से शुरू करता है : "इसे सुनो!" बेशक मैं उस जोकर से गल्प, यथार्थ और कहानी के बीच फ़र्क़ के बारे में बात करना बहुत चाहूँगा, लेकिन वह संभव नहीं है, क्योंकि वह उसी में है, कहानी में। जबकि मैं नहीं हूँ , हालाँकि कभी-कभी ऐसा लगता है कि मैं हूँ। कहानियों में ख़लल नहीं डाला जाता, तिबूरोन, ख़ास तौर पर उस व्यक्ति द्वारा जो उन्हें सुना रहा हो। फिर बहक चले तुम, ठीक जैसे कॉलेज में, बहुत पहले। "तिबूरोन, तुम कहाँ हो? सज्जनो, जिसे आप उस डैस्क पर बैठा देख रहे हैं वह हमारे मित्र तिबूरोन की शारीरिक उपस्थिति है, लेकिन उनका दिमाग़ कहीं और है।" अपमान-भरी हँसी, लेकिन मैं उसका आदी था। यह एक चमत्कार है कि मैं देल्फ़्त में भर्ती हो सका। वहाँ लोग सोचते थे कि मैं भटक जाता था — जब आख़िरकार मुझे उस शब्द का मतलब समझ में आया तो मुझे वह अच्छा लगा—कि मैं बहुत ज़्यादा वक़्त बग़ल की पगडंडियों पर बिताता हूँ, और मैं एक विकासमान सड़क यंत्री था! फिर भी, मैंने एक बार दीदेरो के बारे में क्या पढ़ा था? "विषय से भटकने की कला यथार्थ की जटिलता को पहुँचने का स्वतःचेतन मार्ग है।" लेकिन यथार्थ क्या होता है, और साथ

ही, मैं दीदेरो नहीं हूँ। नहीं, मैं इस समस्या को अब तक हल नहीं कर पाया हूँ।

"हम चलते हैं," बूढ़ी औरत ने लूसिआ के पास आते हुए कहा, "हम उसे तलाशने जा रहे हैं, और हम उसे पाकर रहेंगे। ये अजीब पोशाक बदल लो, अपने सूटकेस बाँध लो, अपने पैसे ले लो और मैनेजर से कुछ मत कहो क्योंकि वह एक जानवर और बेवकूफ़ है, और मुझसे पूछो तो वह जानता है कि क्या चल रहा है लेकिन वह किसी भी चीज़ में फँसना नहीं चाहता। यहाँ डर पैसे से कारगरतर है।"

कारगरतर, कारगरतर, लूसिआ ने सोचा, जिसे यह एक बहुत अजीब शब्द लगा।

"निकल चलो," विदूषक ने अचानक सख़्ती से कहा, और वह अपना हाथ लूसिआ के कंधे पर रखना चाहती थी क्योंकि वह उस लड़की के लिए दुखी महसूस कर रही थी। लेकिन लूसिआ बहुत लम्बी थी और विदूषक, आख़िरकार, अपनी अपूर्णताओं की कृपा पर जिंदा रहते थे। जब वे दोनों सीधी खड़ी हुईं तो चौड़े चेहरे वाली औरत लूसिआ की हँसलियों तक नहीं पहुँचती थी।

"निकल चलो," उसने फिर कहा, "हम लोग 'रोयलिंग' पर जा रहे हैं।" रोयलिंग यानी सैर। इस विदूषक को दक्षिण के थियेटरों में कई बार अपनी बड़ी पीली गेंद के पीछे रेंगना पड़ा था।

14

काइ के पास उस बूढ़े आदमी के लिए तीन सवाल थे जो उसे इतनी दयालुता से देख रहा था। वह कहाँ है, क्यों, और कब जा सकता था। उसे जवाब मिले भी। वह उस किलेनुमा महल में था जिसे होटल कहा जाता है, वह बर्फ़ की मलिका के पास था और जब मलिका को उसकी ज़रूरत नहीं रहेगी तब वह जा सकेगा।

"यह कोई होटल नहीं है," काइ ने कहा।

"नहीं, यह सही है," उस आदमी ने कहा, जिसने काइ को बताया कि उसका नाम उल्रिष था।

"उल्रिष," काइ बोला, "किसी का भी नाम बर्फ़ की मलिका नहीं हो सकता।"

"हो सकता है अगर लोग उसे इस तरह पुकारें।" इससे इन्कार नहीं किया जा सकता था।

"क्यों ऐसा पुकारते हैं?"

"क्योंकि वह उस तरह दिखती है।"

"सिल्ली की रानी बेहतर होता।"

उल्रिष ने उसाँस भरी।

"लूसिआ कहाँ है?"

"वह ठीक है।"

वह झूठ जैसा लगा। दरवाज़ा खुला और वह युवक, जिसने काइ को पुर्ज़ा दिया था, अंदर आया। उसने उल्रिष के बाल सहलाए और कहा, "गुड मॉर्निंग, पापा।"

"गुड मॉर्निंग, फ़्लोरिस।"

"क्या वह अब तक पूछ चुका है कि वह कहाँ है, वह यहाँ क्यों है, और यहाँ कब तक रहेगा?"

"हाँ।"

"ठीक यही मैंने भी पूछा था। हे भगवान, यह तो अभी तक अपनी वह अजीब

पोशाक पहने हुए है। तुमने उसे क्या बताया? हम एक गिरोह हैं, तस्करी हमारी रोज़ी है, और पैसा-वसूली, भ्रष्टाचार, धोखाधड़ी, और दूसरों के साथ दग़ाबाज़ी, और तुम यहाँ से दुबारा सिर्फ़ पैरों से खींचकर ही बाहर ले जाए जाओगे? ख़बरदार! पाला बदलने की कोशिश की सज़ा मौत है और प्यारा लगना तुम्हारे यहाँ होने की वजह है। उसने तुम्हें तभी देख लिया था जब तुम सड़क के बाजू में खड़े थे, और थिएटर में तो उसे कोई रोक नहीं सकता था।"

उसने काइ की ओर देखा।

"क्या इसने तुम्हें नहीं बताया? शर्तिया नहीं बताया। तुम एक मुस्तक़बिल वाले आदमी हो। अब तुम्हें कभी बेवकूफ़ देहातियों को उल्लू नहीं बनाना पड़ेगा। मैं तुमसे पहले वाला हूँ इसलिए मुझे तुम पसंद नहीं हो। उल्रिष मुझसे पहले आया था इसलिए वह मुझे पसंद नहीं करता। लेकिन उल्रिष बूढ़ा है, हो कि नहीं, उल्रिष? बूढ़ा और फ़ालतू, लेकिन फिर भी मशविरे के काम का। हमेशा हर चीज़ के ख़िलाफ़। इसके ख़िलाफ़ भी, लेकिन मुझे खुश करने के लिए नहीं। तुम यह करने के ख़िलाफ़ क्यों थे, उल्रिष? सुनहरे बाल और जवान खुशी देखकर दिल पिघल गया था? मैं उनकी नाबदानी ज़ुबान नहीं बोलता, लेकिन उल्रिष बहुत जल्दी 'रेवेफ़ुल' हो जाता है। हम उसे कहेंगे कि लोगों पर रहम करने लगता है। वह भी सुनने में अच्छा लगता है। लेकिन उल्रिष 'रेवेफ़ुल' है।"

काइ अपने को उठाने की कोशिश करता है।

"मैं यहाँ किस वास्ते हूँ?" उसने पूछा। सामने के दोनों चेहरे एक-दूसरे में पिघल गए और उसे लगा कि उसे फिर बिस्तर में दबाया जा रहा है। वह एक चेहरा जिसमें दोनों मिल गए थे एक सचल मुखौटा बन गया था। उस पर एक साथ कई तरह के भाव आ रहे थे : घृणा, संदेह, ईर्ष्या, दया। लेकिन जब वह बोला तो आवाज़ सिर्फ़ फ़्लोरिस की थी।

"वही सवाल दुबारा पूछना बेवकूफ़ी होती है। तुम यहाँ खुश करने के लिए हो। छः महीने बाद तुम 'होरेफ़ोदोर' हो जाओगे, ठीक मेरी तरह। फिर तुम्हें तुम्हारी इज़्ज़तदार खुदी पहचान नहीं पाएगी।"

काइ ने उन शब्दों को नहीं सुना, सिर्फ़ उसके बोलने की आवाज़ सुनी, जो उसे एक ऐसी जगह खींच ले जाती है जहाँ वह होना नहीं चाहता। वह फिर एक बार पूछता है कि वह यहाँ क्यों है।

"क्या तुम्हें हमेशा मालूम रहता है कि तुम कहीं क्यों हो? मैं भी यहाँ हूँ, हूँ कि नहीं?" वह काइ के बाल सहलाता है। काइ अपना सिर घुमा लेता है और कमरे को हिलता देखता है।

"मैं तो उसकी चिंता न करता। फिर तुम पाँच किलोमीटर इधर हो या उधर, तो भी तुम्हें पता नहीं चलेगा। तुम यहाँ इसलिए हो कि तुम इतने सुंदर हो।"

मुखौटे टूटकर अलग हो जाते हैं। जिसमें दया थी वह आगे झुकता है, जो माख़ौल उड़ा रहा था वह इतने अचानक उछलता है कि काइ उसे अब देख नहीं सकता।

"सब ठीक हो जाएगा," उल्रिष ने कहा।

"रेवेफ़ुल होना बंद करो, उल्रिष : कुछ भी ठीक नहीं होने वाला। यह नरक की तीसरी सीढ़ी है, और हम कभी इससे छूटने वाले नही हैं, और न यह। क्योंकि याद रखो, जादूगर," और वह कड़वाहट भरा चेहरा फिर अचानक उसके सामने है, "तुम इस वक़्त कुछ नहीं कर सकते, लेकिन एक बार हमारे अर्क़-ए-मुहब्बत का असर कम हुआ, तो भागने की कोशिश की जुर्रत मत करना, वर्ना हम तुम्हारा गला इससे रेत देंगे।"

छोटा, घुमावदार, चमकता हुआ और उस्तरे की तरह पैना चाक़ू ठहरा हुआ उसके ऊपर लटकता है। काइ अपनी आँखें बंद कर लेता है।

"और हमें इसे नहलाने की इजाज़त कब मिलेगी? यह एक बकरे की तरह गँधा रहा है।"

फिर एक दूसरी आवाज़ सुनाई देती है। जब वह पहले शब्द सुनता है तो ऐसा लगता है जैसे काँच टूट रहा हो, टुकड़े पत्थर पर गिर रहे हों।

"उसे सोने दो।"

सिर्फ़ स्वर बच रहता है। अलग-अलग शब्द ग़ायब हो जाते हैं, केवल ध्वनि थमी रहती है, ऊँची और विचित्र, जैसे कोई एक गीली अँगुली गिलास के ऊपरी किनारे पर चला रहा हो।

15

वह रात जिसे काइ याद नहीं कर सकता लूसिआ के दिमाग़ में तराश दी गई है। इस शब्द में पत्थर पर पत्थर जैसी आवाज़ है, और उसमें कोई हैरत की बात नहीं है। स्मृति हमेशा कोई अलग बहता हुआ कोमल पदार्थ नहीं होती। जोकर की कार एक तिरपालवाली गाड़ी जैसी दिखती थी, बस एक घोड़े की कमी थी, लेकिन कोई यक़ीन से नहीं कह सकता कि शायद एंजिन एक जानवर नहीं होता। उसे चालू करने के लिए जोकर को उससे बात करनी पड़ी। बाद में लूसिआ सोचती रही कि उस बूढ़ी औरत को कैसे मालूम था कि उसे कहाँ जाना था, और यह ठीक ही रहा कि उसे यह ख़याल चलते वक़्त नहीं आया, क्योंकि जोकर को कुछ पता नहीं था। पूरब... इससे ज़्यादा वह नहीं जानती थी।

गाड़ी के पीछे एक दरी थी और उसके पास वह सूटकेस डगमगा रहा था जिसमें जूते और चौखानेदार पोशाक थे; पीली गेंद आगे और पीछे लुढ़कती हुई भटक रही थी। काइ और लूसिआ के सामान के साथ गाड़ी बहुत भर गई थी और मेहनत से चढ़ाई चढ़ रही थी।

बाहर चुप्पी थी : मुश्किल से कोई यातायात था। कभी-कभी उन्हें चाँद और सितारों का एक जुट दिखाई देते थे, फिर दुबारा तेज़, लम्बे अँधियारे बादल आकाश के आरपार दौड़ते, कहीं पहुँचने की जल्दी करते हुए। अलग-अलग बादल, लूसिआ ने सोचा, जिन बादलों की वह आदी थी उनसे जवान और ज़्यादा फ़ुर्तीले। उनके जल्दी गुज़रने से दृश्य पर उतरती हुई छायाएँ पड़तीं, चट्टानें धीरे-धीरे सड़क पर गिरती लगतीं, ऊँचे पेड़ ख़तरनाक़ ढंग से कार के ऊपर झुकते नज़र आते—वे सारी चीज़ें जिनके बीच वे चल रही थीं स्वयं चलायमान थीं। बाद में रात को जब चाँद ने उन्हें एक खुली जगह दिखाई तो वे रुकीं। बूढ़ी औरत यह जगह जानती रही होगी क्योंकि उसने अपनी कार कुछ झाड़ियों के पीछे ले जाकर खड़ी की ताकि उन्हें कोई सड़क से देख न सके। आख़िरकार अब सचमुच चुप्पी थी : संपूर्ण, चरम नीरवता जो दूसरे लोगों

की अनुपस्थिति से आती है और जो इस कारण तुम्हारी अपनी अनुपस्थिति का आभास देती है, जिससे ऐसा लगता है कि कदाचित वास्तव में तुम्हारा भी कोई अस्तित्व नहीं है।

इतनी ही चुप्पी तब रही होगी जब कोई भी लोग नहीं रहे होंगे, लूसिआ ने सोचा। बूढ़ी औरत ने तेल से जलने वाला एक लैंप उजाल दिया था और पावरोटी और पनीर निकाल लिए थे और उन्होंने चुप्पी में खाया था। फिर वह औरत गई और लूसिआ ने उसके पेशाब करने की आवाज़ सुनी, लेकिन हरकतें उतनी अजीब नहीं थीं जितनी कि वह नीरवता जो हर हरकत के बाद लौट आती थी, अपरिचित और अप्रत्याशित आवाज़ों से और घनी होकर, क्योंकि एक ऐसे व्यक्ति के लिए, जो हमेशा शहर में रहा हो, चुप्पी हमेशा ऐसी आवाज़ों से और ठोस हो जाती है, इस तथ्य के बावजूद कि वे होती आवाज़ें हैं।

"चलो, सो जाते हैं," विदूषक ने कहा। वे उतरकर कार के पिछले हिस्से में चली गईं।

"तुम्हें किसी चीज़ से डरने की ज़रूरत नहीं है।"

वह समझ रही थी कि लूसिआ अब काइ के बारे में सोच रही है, लेकिन भले ही यह अजीब लगे, वह ग़लत थी। लूसिआ ने कोशिश की, लेकिन कर न सकी। कई बरसों में यह पहली बार था कि वह उसके बिना रात बिताने वाली थी। दर्द जैसा महसूस हो रहा था, लगता था उसमें से कोई चीज़ खो गई है, और खोए हुए हिस्से का जिस विचार पर अधिकार था वह याद आने से इन्कार कर रहा था। वह बस कल्पना ही नहीं कर पाई कि वह इस वक़्त कहाँ था और क्या सोच रहा था, और ठीक उसी वक़्त जो भी उसकी तस्वीर वह बना सकती थी उसके विचारों से ग़ायब हो गई। वह वहाँ नहीं था; चुप्पी और अँधेरा उसे उसके सिपुर्द नहीं कर रहे थे। उसे लगा जैसे उसकी बगल में सोई औरत बहुत बड़ी और गोल थी, कोई ऐसी चीज़ जिसमें गुनगुनाहट और साँस थी, कोई ऐसे की साँस जो सो रहा हो। बहुत शांतिपूर्ण, जैसे उसकी नई सहेली समुद्र रो, और इसलिए एक बहुत ज़्यादा बड़ी, अपरिभाषेय गतिविधि से सम्बद्ध हो।

बहुत सारे लोग नहीं जानते कि दुनिया क्या है, और वह जो भी कुछ और हो, वह एक घड़ी भी है। यहाँ सारागोसा में भी शाम है। इसके बाद जो होता है उसे छोड़ सकते हैं, कहानी बाद में चलती रहेगी। शाम को काम करना मेरी आदत नहीं है लेकिन आज मेरे पास दूसरा कोई चारा नहीं है; गर्मी करीब चालीस सेंटीग्रेड थी। अभी-अभी मैं स्कूल के ऊपर छत पर गया था। आम तौर पर आप शहर में तारों को

इतनी अच्छी तरह नहीं देख सकते, लेकिन इस शाम मैंने उन्हें बहुत साफ देखा, उन्हीं सितारों को जिन्हें लूसिआ कार की गंदी पिछली खिड़की से देख सकती है जब उसकी आँख खुले और बादल न हों, यह भी ठीक ही है कि वह वह नहीं जानती, जो मैं जानता हूँ, कि जितने धरती के सागर-तटों के रेत के कण हैं उससे कहीं ज़्यादा तारे आकाश में हैं और इनमें से कई सितारों के अपने ग्रह हैं। इससे उसे डर लगा होता, जैसे कि उल्लू की पुकार से, क्योंकि वह नहीं जानती कि वह क्या है। वह एक ऐसे व्यक्ति की आवाज़ लगती है जो खो गया है और भटक रहा है। सरसराहटें, टूटती हुई डालियाँ, लेकिन उसके पास की साँस लगातार शांत चलती हुई। अंत में वह भी सो जाती है, और अब ऐसा है जैसे मेरी किताब भी सो गई है। शायद मैं इस बात से डर गया हूँ; वह मेरे सामने मेज़ पर उसाँस लेती है और धीरे-धीरे साँस भरती है; वह धीरे से फूलती है और फिर गिरती है, ठीक उस अँधियारे जंगल में एक-दूसरी के पास अपनी दरी पर सोई दोनों औरतों, ठीक एक तात्रा गाड़ी में अगवा कर लिए गए बेहोश काइ की तरह। सिर्फ मैं जागा हुआ हूँ। शायद कोई पाठक नहीं हैं इसलिए कुछ देर के लिए बस मैं वही करूँगा जो मुझे अच्छा लगता है। बेशक, मुझे अपने-आप पर और सख़्त होना चाहिए, लेकिन रात आदमी को कमज़ोर कर देती है। इसके अलावा, मेरी किताबें पढ़ता कौन है? मुझे स्पेन में कोई नहीं जानता, और अगर कोई प्रकाशक उन्हें छापने के लिए राज़ी हो भी जाता है, तो तरस खाने लायक प्रतियाँ छापता है।

मुझे पर्वाह नहीं। मैं लिखना चाहता हूँ लेकिन लेखक की तरह जीना नहीं चाहता। मैं नहीं जानता कि इसे कैसे कहूँ। मैं अपनी निशानियाँ छोड़ने में यकीन नहीं रखता; मेरा यकीन उस तरह के टटोलने, खोद-बिनोद करने में रहा है जिसे मैं अपने लड़कपन से ही विचार करना कहता आया हूँ जबकि उसका कोई लेना-देना विचारने से नहीं है और, ज़्यादा से ज़्यादा, ध्यान करने से है। छपना ज़ोर से सोचने की इजाज़त के बराबर होता है। कहानी यथार्थ का तीव्रीकरण होती है? लेकिन यथार्थ कितनी घिचपिच अवधारणा है। यदि सड़क यथार्थ है, तो उस सड़क पर एक कार में चल रहे एक आदमी का सपना क्या है? हर चीज़ हमसे शुरू होती है और हम तक लौटती है, और उस अर्थ में सपना उतना ही सच है जितना कि सड़क का वह गड्ढा जो तुम्हें हिलाकर तुम्हारे सपने से जगा देता है; लेकिन गड्ढा उसके अलावा क्या चीज़ है जो गड्ढा नहीं है?

लिखना हमेशा वही सवाल पूछने से बनता है और चिंतन सदा विभिन्न उत्तर देने से बना लगता है। जब कोई परी-कथा लिखता है तो क्या करता है? वह आसान

रास्ता अपनाता है : वह यथार्थ को तीव्र नहीं करता; वह उसका विरूपण करता है; वह उससे वे चीज़ें करवाता है जो वह कर नहीं सकता। सो वह सवाल नहीं करता, वह सिर्फ़ जवाब देता है, ग़लत जवाब जो सच नहीं हो सकते, और ऐसा करते हुए वह यथार्थ को तोड़ता है, और वह उसका तीव्रीकरण है। इसलिए परीकथा को एकदम बहुत ज़्यादा खुली आँखों से पढ़ा जाना चाहिए। यह, आख़िरकार, संभव है कि विरूपण रूप को लेकर कुछ चीज़ स्पष्ट कर दे। लेकिन क्या है यथार्थ, यह मैं अभी तक समझ नहीं पाया हूँ, और इसीलिए उसकी नक़ल करने की मेरी कभी इच्छा नहीं हुई : दूसरे वह करें, आख़िर हरेक का अपना यथार्थ होता है। आप रंगों के बारे में बात करते रहें या समय के बीतने पर, बोलने वाले हमेशा सिर्फ आप स्वयं होते हैं। कुछ भी ठीक नहीं बैठता, इतना ही मैंने स्पिनोज़ा और ह्यूम से सीखा है, और मैं बड़े-बड़े नाम नहीं ले रहा; यह छड़ी के सहारे चलना है। सभी स्पानी ऐसा करते हैं। यही वजह है कि हमारे पास सिर्फ़ उतरन वाले दार्शनिक हैं, कोई असली नहीं। कुछ भी ठीक नहीं बैठता; हम यथार्थ हैं और साथ-साथ यह भी कहना चाहते हैं कि यथार्थ क्या है, जैसे कोई छाया अपनी छाया से बात कर रही हो।

क्या कार के पास वह कोई छोटा जानवर है, कोई लोमड़ी? दोनों औरतों की उठती-गिरती साँस के आसपास एक सरसराहट। एक छोटे जानवर की मौत की चिंचियाहट, पत्तियों के बीच एक राह, वे सारी चीज़ें जो अब उत्तर में लोग नहीं जानते लेकिन जिन्हें मैं अब भी दुकादोस के अपने आधे-खाली पैकेट और अपने आधे-सोचे विचारों के साथ जानता हूँ। पूरब की तरफ़ पीठ किए कार एक गिरजाघर की तरह खड़ी है। पहली उजास उन दोनों चेहरों पर से अँधेरा छीलती है, लूसिआ की बंद पलकों पर चमकती है। “मैं परी-कथाओं में विश्वास नहीं करती,” उसने कहा था। किसी को उसे समझाना चाहिए कि अगर तुम अपने सरीखी दिखती हो तो तुम किसी परी-कथा में पहुँचकर ही रुकोगी। संपूर्ण सौंदर्य भी यथार्थ का एक विरूपण है, और इसलिए नियति का एक रूप। मेरा पुराना दोस्त वैब्स्टर, एक जो वही मेरे पास है, यह जानता है। “फ़ेअरी टेल, ए टेल रिलेटिंग टु फ़ेअरीज़।” फिर वह ‘फ़ेअरी’ शब्द की व्युत्पत्ति बताता है : फ़ेअरी, फ़ाता, जो शब्दशः ‘अफ़ाते’ है, जो लैटिन के ‘फ़ातुम’ यानी अंग्रेज़ी के ‘फ़ेट’ यानी ‘नियति’ से बना है। क्या यह मुझे आगे ले भी जाता है या यह मुझे वहीं छोड़ देता है जहाँ मैं हूँ? फिर फ़ेअरी, यानी परी के बारे में कहता है : ‘एन इमेजिनरी बीइंग इन ह्यूमन फ़ॉर्म’ : मानवीय आकार में एक काल्पनिक प्राणी। तीन औरतें, तीन परियाँ? दो अच्छीं, एक बुरी?

अचानक लूसिआ उठ बैठती है और एक चीख़ निकालती है। धुंध के प्रेताकार, जालियाँ, रेशे, सफ़ेद और भूरे, हाथों और चेहरों वाले, कार की खिड़की के पास सरकते हैं, मँडराते हैं। वह उस औरत के हाथ को अपना हाथ सहलाते महसूस करती है और एक ऐसे चेहरे में देखती है जो वही चीज़ें देख रहा है, लेकिन मुस्कराता है।

"ये क्या हैं?"

"ये वे सपने हैं जो दूसरों ने देखे हैं।" वह हँसती है। "देखो," वह कहती है, "यह यह है," और वह उठती है आश्चर्यजनक फुर्ती के साथ और बाहर की पत्तियों में तब तक अपनी अँगुलियाँ दौड़ाती है जब तक वे गीली न हो जाएँ, और अपना चेहरा उनसे रगड़ती है।

लूसिआ कोहरे के उन रेशों को देखती है जिन्होंने खुद को पेड़ों के आसपास लिपटा लिया है, और वह भी अपने हाथ घास में रगड़ती है।

"वे अपने घर के रास्ते पर हैं और हमारे लिए पानी छोड़े जा रहे हैं," विदूषक कहती है, और हँसती है।

16

वह फिर जाग गया है। इस वक़्त कोई नहीं है। वह अपना हाथ उठाता है, जो अब हवा में सामान्य रूप से हरकत करता है। उसका पागल सिरदर्द चला गया है। दिन है, ठंढी रोशनी दाख़िल होती है, कमरे का आकार बनाती है, ऊँचा और खाली। वह उठता है, धीरे, अपने शरीर का एक बार फिर स्वामी, और बड़ी खिड़कियों में से एक के पास जाता है। मोटे क़ालीन पर वह अपने क़दम सुन नहीं पाता, और न कोई दूसरी आवाज़ें ही हैं। हर चीज़ सूनी लगती है। खिड़की से वह जिस इमारत में कैद है उसका एक और हिस्सा देखता है, और वह बहुत बड़ी होनी चाहिए; फ़र्शीदार अहाता; सूनी दीवार में एक बंद दरवाज़ा; उसके पार एक जंगल, आधा-ढँका, कुछ डालियों पर अब भी सूखी, गंदी पीली पत्तियाँ चिपकी हुईं। उस दूसरे हिस्से की खिड़कियों के पीछे कोई गतिविधि नहीं। उसे लूसिआ का ख़याल आता है, वह उसका नाम ज़ोर से लेता है, और उस आवाज़ से चौंक पड़ता है। वह फिर उसे धीरे से पुकारता है, लेकिन उससे उसे आना चाहिए जिसका वह है, लेकिन वह प्रकट होने से इन्कार करती है। वह सावधानी से कमरे में घूमता है, आईने में अपना अक़्स देखता है, उसके सामने से गुज़र जाता है, लौटता है, और अपना मुआयना करता है, वह उसकी तरह दिखता है। जब वह अपना हाथ उठाता है, तो दूसरा भी वही करता है। यह चीज़ें बहुत मामूली हैं, सिर्फ़ पहले उसके साथ ऐसा कभी नहीं हुआ है। तो यह हूँ मैं, वह सोचता है, और चूँकि वह जो पहने है उसे आईने में देखता है, वह अपने पैरों और हाथों पर नज़र दौड़ाता है और अपने थिएटर के कपड़े देखता है जो अब हास्यास्पद हो चुके हैं। जल्दी और शर्म से वह उन्हें उतारता है। आईने की बग़ल में एक दरवाज़ा है, अधखुला। वह सावधानी से उसके पास जाता है। वह एक गुस्लख़ाने को ले जाता है। वह तुरंत उसमें नहीं जाता, लेकिन कमरे के दूसरे दरवाज़े को खोलने की कोशिश पहले करता है। उस दरवाज़े पर ताला है, लेकिन उससे उसे डर नहीं लगता, बल्कि वह इससे खुश होता है, जैसे वह चुप्पी से और विचारों की अनुपस्थिति

से खुश है। जैसे वह किसी दूसरे आदमी को नहलाने जा रहा हो, ऐसा उसे लगता है और उस दूसरे आदमी को, वह सोचता है, आँख में दर्द है। वह नाँद में पानी चलाता है, किनारे पर रखी कुप्पी को सूँघता है, और उसके शहद-जैसे रंग के तरल में से कुछ को पानी में उँडेलता है। फिर वह टब में कदम रखता है। जब वह लेटता है तो वह पानी में लहरें बनाता है, जैसे वह सोचता हो कि वह तब तिर सकेगा। बहुत देर के बाद ही वह टब से बाहर आता है, लटके हुए बड़े तौलिए से अपना बदन सुखाता है, सोने के कमरे में फिर दाख़िल होता है। रोशनी अब बहुत-थोड़ी और गहरा गई है। बिस्तर के पास मेज़ पर पनीर और फलों वाली एक तश्तरी है। बिना कोई कपड़े पहने खाना पहले उसे अजीब लगता है; फिर वह बिस्तर पर बैठ जाता है और खाता है। जब वह सब-कुछ ख़त्म कर डालता है तो दरवाज़े के ताले का खटका सुनता है, जैसे कोई इसी की प्रतीक्षा कर रहा था। वह सिर उठा कर नहीं देखता; वह पहले से जानता है। वह इतने-ज़्यादा ठंढे हाथ अपने कंधों पर महसूस करता है, महसूस करता है कि कैसे उसकी पीठ के मांस पर गड़कर नाख़ून एक सलीब बनाते हैं, एक अकेली अँगुली की आज्ञा का पालन करता है जो उसे घुमाई जाने वाली चीज़ की तरह घुमाती है, और उसे उसके सामने स्थित करती है जो उसके बराबर ही ऊँची है। उसकी आँखें उसका इस तरह सर्वेक्षण करती हैं जैसे किसी नक्शे का करतीं, और उसके हाथ, नहीं, उसकी अँगुलियाँ बाद में। वे टटोलती हैं घुमावों, ख़मों, मांसपेशियों की गठानों, गड्ढों को, उसकी उँगलियों की लम्बाई, उनके बीच की जगहें, उसके नखों की सतह। पूरे वक़्त इस तरह जैसे वह उस न देख रहा हो। उँगलियाँ और आँखें अलग-अलग चल रही हैं; वे मिलती हैं, विदा लेती हैं, रास्ता देती हैं, परस्पर घेरने वाली हरकतें करती हैं, रुक जाती हैं। ऐसा लगता है कि पहले कभी उसका शरीर रहा ही न हो। रोशनी कमरे से और सरक जाती है। कभी-कभी लम्बे अरसे तक कुछ नहीं होता, फिर एक अचानक हरकत उसे पीछे की तरफ़ ढकेल देती है, एक तरफ़, उसका हाथ उठाया जाता है, उसकी गर्दन झुकाई जाती है और फिर, जैसे कि इस निरीक्षण की स्वाभाविक सीमाएँ उसके समझे बिना छू ली गई हों, वह अचानक उसे अपनी बाँहों में लिये हुए लेटा पाता है। वह नाज़ुक है और सबसे सख़्त काँच की बनी है, और जिस तरह वह उसका पीछा करती है, वह उसका पीछा करता है, उसमें किसी चीज़ का, कुछ ऐसी जो ऊँची चीख़ों के साथ होनी चाहिए, लेकिन वह जानता है कि वैसा नहीं होना चाहिए; जो भी चीज़ होती है वह काँच की अटूट चुप्पी में होती है, फिर भी अंत में ऐसा लगता है जैसे वह टूटी हो, काँच की तरह चटकी हो, मर गई हो।

यही है कि कोई अंत नहीं है— यह टूटन एक दुहराव लाती है, ध्वनिहीन स्वर

अब तीव्रतर, टूटन और पैनी, जैसे जल्द ही, जब वे उठेंगे, तो उसे सावधानी से टुकड़ों पर पैर नहीं रखना होगा। उसका शरीर अधिकाधिक ऐसी चीज़ में बदल जाता है जिसे वह नहीं जानता, एक ऐसी वस्तु जिसका अस्तित्व केवल अपने लिए ही है, कोई विचार जिसके नहीं हैं, कुछ ऐसी चीज़ जो मेहनत कर रही है लेकिन थक नहीं सकती, वास्तविक चीज़ों से ज़्यादा नहीं, उस औरत से ज़्यादा नहीं। जो यह वस्तु उपजाती है वह है कामना, लेकिन यह एक ऐसी उपज है जो स्वयं को अपने जन्म के क्षण में ही निगल जाती है, लिहाज़ा लगातार अँधेरा होता हुआ कमरा और ज़्यादा ठंढा हो जाता है जब तक कि यह न लगने लगे कि उसके नये शरीर को चाक़ू से खोखला कर दिया गया है, जैसे हर छिपा हुआ कोना, अब तक महत्त्वहीन समझा गया हर हिस्सा, जोंक से चूस लिया गया हो और मरोड़ कर सुखा दिया गया हो और वह पसरा हुआ छोड़ दिया गया हो, उतारे हुए चमड़े की तरह। वह अपने को उसके ऊपर उठाती है और वह पहली बार उसे देखता है, जिसे उसने आज तीसरे पहर हज़ारों बार देखा है, तिरते गुज़रते हुए, अनुपस्थित, पीछा करते हुए, छूटते हुए, बाध्य करते हुए, एक वास्तविक प्राणी की तरह, हालाँकि उतनी ही रीती जितना वह, और फिर भी मुँदी हुई और पहुँच से परे। कोई चारा नहीं रहा है, वह सोचता है; यहाँ सिर्फ़ ज़िबह और बोटी-बोटी करना कारगर हो सकता है; लेकिन जब वह उठकर बैठती है, अँधेरे में एक जगमगाती, सख़्त बनी हुई आकृति, तब वह कहती है : हम दोनों सिब्बेत हैं।

"सिब्बेत?"

वह उसे समझ नहीं पाता। अब वाक़ई एक छोटे से लम्हे के लिए लगता है जैसे वह हँस रही हो। वह अपनी बायीं बीच की उँगली चलाती है, फिर दायीं, और दोनों को एक-दूसरी में बाँधती है, और खींचती है, जैसे दोनों को अलग करना असंभव होगा।

"सिब्बेत," वह कहती है, और जितने चुपचाप आई थी वैसे ही ओझल हो जाती है।

वह ताले के हल्के खटके का इंतज़ार करता है जो उसे फिर अकेला छोड़ देता है।

17

सुबह थी। कुहरे चले गए थे, अपनी आत्माएँ अपने-साथ ले जाते हुए। अजनबी जगहों में जागने वाले सब लोगों की तरह, लूसिआ ने दुनिया को एक-एक कर के जोड़ना शुरू किया, और चूँकि ऐसा दरअसल किया नहीं जा सकता—सर्दी और तुम्हारे पास में सोए व्यक्ति का हाथ और कार की खिड़की के बाहर के पेड़ और सोने से पहले तुम्हारे आख़िरी ख़याल—कुल जोड़ की संख्या खुद दिखने वाली दुनिया की तरह लम्बी हो जाती है, और फिर जो चीज़ें तुम देख नहीं सकते वे भी जोड़नी पड़ती हैं। लेकिन इस तरह दिखा था : दो छोटी खिड़कियों के बाद ऊँची पेड़ों की फुनगियाँ, नीला आकाश, विदूषक की बड़ी पीली गेंद, स्वयं विदूषक, दिन के उजाले में उठ जाने के बाद जिसकी आँखें नीली थीं जो लूसिआ को शांति और करुणा से देख रही थीं। उसने उन दोनों के ऊपर से कम्बल खींच लिया, कार का दरवाज़ा खोला, घास पर क़दम रखे, गुनगुनाया, और ठीक पिछली रात की तरह, पत्तियों और घास से अपने हाथ रगड़े और ठंढे साफ़ पानी को अपने मुँह पर मला, और लूसिआ ने भी वैसा ही किया।

सर्दी अभी भी बहुत थी, लेकिन उन्होंने नाचने सरीखे कुछ डग भरे, थोड़ा-सा गाया और पंछियों के उत्तर को सुना, डालें हिलाईं और उसे फुहार कहा, और कुछ खाने के लिए कार के खुले पिछले दरवाज़ों पर बैठ गईं। लूसिआ, जिसे अभी भी दुखी होना चाहिए था, सचमुच दुखी थी लेकिन उतनी नहीं जितनी उसे उम्मीद थी। एक दूसरी ही अनुभूति थी, जिसे नाम नहीं दिया जाना चाहिए, जिसपर ज़्यादा अधिकार पक्षियों की हलचल, जो बहके हुए नाच के कदम उन्होंने लिए थे, और जो औरत वहाँ इतनी संतुष्ट वहाँ बैठी हुई रोटी पर सुनहरे शहद की गाढ़ी धार फैला रही थी, उनका था।

उन्हें दरअसल अब काइ को ढूँढ़ने के लिए रवाना होना चाहिए था, लेकिन लूसिआ की नई सहेली यह सोचती लग रही थी कि हर दिन को उतना ही ख़ाली होने की इजाज़त थी जितना कि उनके सिरों के ऊपर का आकाश, और कार के आसपास उठा-धरी कर रही थी।

"मुझे हमेशा पता लग जाता है कि पास में पानी है," उसने कहा, "आओ चलो, तुम यह ले लो।" और उसने लूसिआ को लकड़ी के दो लम्बे टुकड़े दिए, जिन्हें उन दो और पतली किमचियों के साथ, जो वह खुद ले जा रही थी, जोड़कर मछलियाँ पकड़ने की बंसी बनाई जाएगी जब वे पानी के पास पहुँचेंगी।

सूरज धीरे-धीरे चढ़ रहा था : रोशनी की पट्टियाँ बेजान पत्तियों के बीच गिर रही थीं। एक साँप, एक गिलहरी, एक जंगली चूहा, एक खरगोश, एक बनैला सुअर, एक गुबरैला—सब भाग गए और झाड़ियों के पीछे से देखने लगे कि आगे क्या होगा। ऊपर, दो कौए आए, बाइज़्ज़त हालाँकि चिड़चिड़ी बातचीत करते हुए, साथ-साथ पंखे-जैसे घेरों में उड़ते हुए और दोनों औरतों को पाँच को जोड़कर एक डंडी बनाते, झील के किनारे एक पेड़ के तने पर बैठते और एक घंटे के भीतर पानी में से चार दमकती, छटपटाती रोहू मछलियाँ पकड़ते देखते रहे। फिर दोनों औरतों ने एक-दूसरे को अपने जीवन की कहानियाँ सुनाईं, और बेशक कौए उनमें से कुछ नहीं समझ सके, सिवा यह ग़ौर करने के कि बूढ़ी औरत की कहानी बहुत छोटी थी और जवान औरत की बहुत लम्बी। ये वे नियम हैं जिन्हें जो कुछ ज़्यादा जी चुका होता है जानता है। लम्बी ज़िंदगी गिनाने की नीरसता को जानती है इसलिए उससे बचती है। वह जानती है कि किसी की ज़िंदगी को निश्चित करने के लिए कभी कुछेक चीज़ों से ज़्यादा नहीं होतीं। सो लूसिआ को मालूम पड़ा कि विदूषक, जिसका नाम अना था, कभी उत्तर में एक प्रसिद्ध अभिनेत्री थी। उसने अपना दूसरा नाम भी बताया और देखा कि उसने लूसिआ में एक प्रतिध्वनि जगाई, कि वह नाम उत्तर में, जिसे उसने बहुत पहले छोड़ दिया था, अब भी भटकता है सिर्फ़ नाम की तरह, उस मोटी औरत से अलग जो वह बन गई थी। वह नाम उन भूमिकाओं का था जो उसने निभाई थीं, जिन्हें अब कोई उसे करते नहीं देखेगा। अभिनेता अपने भूतपूर्व दर्शकों के पास सिवा एक स्मृति के और कुछ नहीं छोड़ते। जब स्मृति मर जाती है तब नाम खाली चीज़ों की तरह अनियंत्रित, बिना सम्बन्ध के बचे रहते हैं। अना ने बहुत पहले इसे स्वीकार कर लिया था। उसकी ज़िंदगी में कुछ ऐसा हुआ था जिससे उसे तब जाना पड़ा जब वह अपनी ख्याति के शिखर पर थी। अब वह एक पीली गेंद वाला बेवकूफ़ बूढ़ा आदमी बन गई थी, और इसमें खुश थी। उसने लूसिआ को इसका आधा भी नहीं बताया, लेकिन झूले, सर्कस, राइअर और काइ के बारे में सारी कहानियों को ध्यान से सुना। दो औरतें एक जंगल में मछलियाँ खाती हुईं, इस तरह दिखता था; और यदि वहाँ कोई तकने के लिए होता तो उसका साहस और पास आने का न हुआ होता। बुढ़ापा और सुंदरता—वह एक प्रतीक-कथा की तरह था।

"और अब?" लूसिआ ने पूछा, मानों भूल गई हो कि वे कहाँ जा रही थीं।

"उस तरफ़," पूरब की ओर इशारा करते हुए अना ने कहा।

जब वे निकल पड़ीं तो लूसिआ ने मुड़कर उस ख़ाली खुली जगह को देखा और सोचा कि उसे थोड़ा और रुकना नागवारा न होता। लेकिन यह एक निषिद्ध विचार था। वे उसी सड़क पर गाड़ी चलाती रहीं जो काइ ने पकड़ी थी, जिसे मैं, चूँकि सड़कों से मेरा कुछ वास्ता है, वर्णन करने में खुश होता, विशेषतः उस जगह के परे जहाँ वह दो दिशाओं में बँट जाती है और अना ने ग़लत मोड़ ले लिया। बहरहाल, वे फिर भी एक पूरब का रुख किए चलती रहीं, इसलिए उससे कुछ ज़्यादा फ़र्क़ नहीं पड़ा। कभी-कभी, बहुत कम आने वाले पेट्रोल पंपों—जिनमें से कुछ, उत्तर से अलग, छोटे सुहावने गाँव के चौपालों की तरह लगते थे क्योंकि वहाँ हमेशा लोगों के टोल टहल रहे होते—में से एक पर अना ऐसी भाषा में कुछ पूछती जिसे लूसिआ लगभग नहीं के बराबर समझ पाती लेकिन ऐसा लगता था कि जवाब हमेशा अलग होते। एक दिन और एक रात, और फिर वही।

अब वे एक झरने के पास सो रही हैं, एक गहरी गुफा के पास, जिसमें सूरज डूबने के वक़्त सैकड़ों कबूतर उड़कर घुसते हैं, ठीक मोनास्तेरिओ दे पिएद्रा की तरह, जो सारागोसा से कोई सौ किलोमीटर दक्षिण में है। कबूतर गिरते हुए जल के पास से गुज़र जाते हैं और गुफा में आराम की जगह खोज लेते हैं। वे कुछ देर के लिए यहाँ-वहाँ उठा-धरी करते हैं, पंख फड़फड़ाते हुए, और फिर सो जाते हैं। लूसिआ ने कभी जीवित प्राणियों के बारे में वाकई कभी सोचा नहीं है और वह अचरज से भर जाती है। और-और कबूतर आते रहते हैं, जब तक कि ऐसा लगने लगता है मानों गुफा की दीवारों के पंख उग गए हों और वे ज़िंदा हों। वह जल की गरजती हुई पारदर्शी चादर को नीचे चट्टानों पर टूटते देखती है, जैसा उसने शायद बिना किसी अवरोध के हज़ारों वर्षों से किया है। वह कुछ सोचना चाहती है पर सोच नहीं पाती।

"बहुत देर तक मत देखना," अना कहती है, जिसने एक आग चेता ली है। "उससे मन उदास हो जाता है।"

फिर वे, बहुत दूर नहीं, बोलने की आवाज़ सुनती हैं, आदमियों और औरतों की, आवाजें जो बातें कर रही हैं, गा रही हैं, हँसी।

लूसिआ उठना चाहती है; अना उसे पीछे रोक लेती है।

"ये लोग हैं," वह कहती है, लेकिन इसके पहले कि उसे समझाने का वक़्त मिले, ऐसा होता है जैसे उस आवाज़ ने एक मोड़ ले लिया हो और अब अचानक बहुत पास है। हँसी, कुछ ढोलों और घंटियों जैसा। वह उल्लास-भरा लगता था,

डरावना नहीं। औरतों की आवाज़ें आदमियों की आवाज़ों को जवाब देती हैं, तार और मंद्र स्वर एक दूसरे का लहरों की तरह पीछा करते हैं, और हर लहर एक निमंत्रण जैसी सुनाई देती है। लूसिआ लय पर झूमती है।

"क्या हम जाकर देख नहीं सकते?" लूसिआ ने पूछा।

"सेली गोज़े," अना ने कहा, और एक क्षण के लिए, अपने मुखौटे के बिना भी, वह सर्कस के जोकर जैसी दिखी।

"तुम्हें जाकर देखने की ज़रूरत नहीं; वे जल्द ही यहाँ पहुँचेंगे।"

18

'आउतोपिस्ता,' ऊँची रफ़्तार के कथित राजमार्ग, मेरे वश के बाहर हैं। नहीं, पहले मैं एक चेतावनी दे दूँ। यह एक ऐसा परिच्छेद है जिसे मैं समूचा अपने लिए आरक्षित करता हूँ। 'आँरी ब्रूलार' के प्रारंभ में स्तांदाल उन सारे अप्रिय 'मैंओं' और 'मुझेओं' की बात करता है जो इतने दख़लंदाज़ और संकोच में डालने वाले होते हैं। मैं उससे सहमत हूँ। लेकिन ऐसे मामलों में अन्यपुरुष एक भद्दा बचाव होता है, जैसे कहीं कोई देश हो जिसमें केवल अन्य पुरुष रहते हैं, जिन्हें उस वक़्त एक घोषणा के जरिए आपके लिए बिरादराना ख़िदमात करने के वास्ते तलब किया जा सकता है जब आप अस्थायी रूप से शर्म में डूब जाते हैं। आखिरकार, आप जब लिखते हैं तो इतनी चीज़ों के बारे में सोचते हैं, और उसका मतलब क्या होगा अगर उस सबको किताब के बाहर ही रहना है। इसकी शब्दशः कल्पना कीजिए। इस किताब को ही लीजिए, अगर यह कभी किताब बन सकी तो, क्योंकि अगर नहीं बन पाती तो समस्या खड़ी ही नहीं होगी। लेकिन ठीक है, इस किताब को लीजिए और इसे मेज़ पर आपके सामने खड़ी रख दीजिए, इसका मुखपृष्ठ आपसे दूर, इसकी पीठ आपकी तरफ़। स्वीकार कीजिए, कि यह एक अजीब चीज़ है। अब अपने हाथ से किताब के दायीं और बायीं ओर की खाली जगह को छूइए और बेशक़, आपको कुछ महसूस नहीं होता। फिर भी हमेशा मुझे लगता है कि वहाँ कुछ ज़रूर है। आवरण के बहुत पास लेखक के वे विचार हैं जो उसे लिखते वक़्त आए थे लेकिन जिन्हें उसने पुस्तक में जाने नहीं दिया। लिखना व्यवस्थित होने का प्रश्न है और इसलिए निर्णय लेने का, और उन निर्णयों में यह आते हैं कि एक पुस्तक में क्या होगा और क्या नहीं होगा और वह कब ख़त्म होगी। जो मैं यहाँ कर रहा हूँ वह अजीब है लेकिन एक बार शुरू कर दिया तो रुकना आसान नहीं होता। जब आप मिशेलें का पीला नक्शा नं. 43 देखते हैं तो आपको वह आउतोपिस्ता दिखता है जो बार्सेलोना से पश्चिम की ओर लेरीदा—जिसे कातालून्या के लोग 'येईदा' कहते हैं—होते हुए सारागोसा को

जाती है। यह मेरी ज़िम्मेदारी नहीं है। भगवान की कृपा है, क्योंकि यह एक ऐसी सड़क है जिसकी आत्मा नहीं है। उसके बराबर एन 11 मार्ग है। मैं उसकी भी ज़्यादा पर्वाह नहीं करता, अगर आप कभी उससे जाएँगे तो समझ जाएँगे कि क्यों। मेरी चहेती सड़क अरागोन के उस हिस्से में सी 1130 है। कुछ भ्रम पैदा करने वाले सी 231 नाम से वह दक्षिण से तोर्रेंते दे सिंका तक आती है, फिर आउतोपिस्ता और एन 11 को पार करती है, रिओसिंका के बराबर चलती हुई ऊपर चढ़ती है। मैं उसके साथ हमेशा बेहतर बर्ताव करता हूँ, हालाँकि साफ़ है मैं वह अपने बजट में से नहीं कर सकता, क्योंकि वह ताड़ लिया जाएगा। यहाँ सवाल ज़्यादा ध्यान देने का है। अब मैं इस सड़क को, या कह लें उसके इलाके को, ज़्यादा बारीकी से नहीं बखानूँगा, बस मैं यही कहना चाहता हूँ कि जब मैं वहाँ होता हूँ तो हमेशा बेहतर सोच सकता हूँ। उस पर आवाजाही कम है, क्योंकि दुनिया को बहुत जल्दी है और कम से कम अगर आप सारागोसा जाना चाहें तो वह चक्करदार रास्ता है। हम स्पानी में उसे 'देस्विआ' कहते हैं लेकिन मुझे वह शब्द बहुत ज़्यादा पसंद नहीं। डच 'ओम्वेख़', चक्करदार रास्ता, सुनने में बेहतर लगता है। 'ओम्' में एक जादुई गूँज है, जैसे वह काँसे का बना हो : आप उसे सौ बार उचार सकते हैं और ऐसे देश हैं जहाँ लोग उस शब्द पर ध्यान लगाते हैं। ओम्, ओम्, ओम्।

कल अचानक मैं उस स्कूली कमरे में और बैठना बर्दाश्त न कर सका। मैं एक साथ सारे बच्चे बन चुका था; मैंने निर्धारित संख्या से दुगनी सिगरेटें पी ली थीं और क़रीब-क़रीब घुँट रहा था। ऐसा क्षण हर पुस्तक में आता है। पात्रों का अपने अस्तित्व से और घटनाओं का अपने होने से बचने का यह आख़िरी मौक़ा होता है। लोग इसे कम आँक पाते हैं कि होना, और फिर भी यथार्थ में न होना, क्या होता है। बहरहाल, स्कूल के अहाते में मैंने अपनी चहेती कुर्सी के परिचित आकार को खड़ा देखा, इंतज़ार करती हुई चीज़ों का वह अलसाया भलापन कि कब वे आपकी ख़िदमत की हो सकती हैं।

सारीनेन्या में सी 1130 सी 129 में बदल जाती है। इन संख्याओं में एक तर्क होता है लेकिन मैंने उसका आविष्कार नहीं किया है। जब आप सी 129 पर सारागोसा की दिशा में जा रहे हों तो आप, लेसीन्येना के बाद, एक और छोटी सड़क ले सकते हैं जो रिओ ख़ाय्येख़ो के बराबर होती ुई सारागोसा जाती है और मिशेलें 43 में उसकी कोई संख्या नहीं है। यह छोटी सड़क एक कार्थूसिआई मठ 'कार्तूख़ा दे आउला देइ' को जाती है। इस तरह के ज़्यादा मठ नहीं बचे हैं। इनसे ज़्यादा कठोर सम्प्रदाय कोई नहीं है : मठ के भीतर भी सारे संन्यासी अपने-अपने एकांत में रहते

हैं, भोजन उन्हें एक खाँचे से मिलता है और वे सप्ताह में सिर्फ़ कुछ दफ़ा भजन गाने के लिए या, अजीब बात है, चलने के लिए इकट्ठा होते हैं। मुझे वहाँ अच्छा लगता है। मैं कमोबेश एक अराजक ख़ानदान से हूँ, और ये संन्यासी जानते हैं कि मैं धार्मिक नहीं हूँ, लेकिन उन्हें कोई आपत्ति नहीं होती; भगवान जानता है, शायद वे मेरे लिए दुआ करते हों। जब मैं वहाँ होता हूँ, दुनिया के दरवाज़े मेरे पीछे बंद हो जाते हैं। मैं अतिथि-गुरु से कुछ बात करता हूँ। दूसरों को तुम देख नहीं पाते, और वैसे भी उन्हें किसी से बोलने की इजाज़त नहीं है, आपस में भी नहीं। बाद में अक्सर मैं मठ के गिरजाघर में कुछ देर के लिए बैठता हूँ, जो काफ़ी बदशक्ल है और जिसमें गोया के कुछ पहले के बेरंग चित्र हैं। गिरजाघर में ठंढक रहती है, और यह सारागोसा प्रदेश में एक वरदान है, जो यूरोप से ज़्यादा सहारा से मिलता-जुलता है। सो मैं वहाँ बैठता हूँ, इस और उसके बारे में सोचता हुआ, और कुछ देर बाद मैं फिर चला जाता हूँ, और अपने साथ एक शीशी शहद ले जाता हूँ जिसे स्वयं संन्यासियों ने तैयार किया है। जब मैं उसे घर लाता हूँ तो मेरी पत्नी मुझे हमेशा "तो यह चल रहा है" वाली आँखों से देखती है। भले ही मैं ग़लत होऊँ, शायद वह पहले से जानती है कि मैं वहाँ जा रहा हूँ। मैं उसमें बहुत गहरे पैठना नहीं ही चाहूँगा।

तो कल मैं अक्षरशः धड़कते दिल से अपनी कार की तरफ़ ऐसे चला कि कोई कामचोरी करने जा रहा होऊँ, और बेशक करने जा रहा था। मैं शहर में से सरका और आउतोपिस्ता पर आया क्योंकि मैं अपनी चहेती सड़क पकड़ना और कार्तूख़ा को लम्बे रास्ते से पहुँचना चाहता था। उस तरह मैं दो ध्यान कर सकूँगा, एक तो गाड़ी चलाते वक़्त और दूसरा गिरजाघर में।

मुझ सरीखे आदमी को आउतोपिस्ता पर बहुत चौकन्ना रहना पड़ता है क्योंकि यातायात कम होता है और इससे पहले कि तुम्हें पता चले कि तुम कहाँ हो, तुम दिवास्वप्नों में खो जाते हो। आख़िरकार, सड़कों को इस्तेमाल करने वाले दूसरों से अलग, मैं एक दृश्यालेख से नहीं, बल्कि दो से गुज़रता हूँ, जिनमें से एक मेरे दिमाग़ में है। यहाँ गर्मी थी, वहाँ सर्दी है। और जब मैं ध्यान नहीं दे रहा था, तब मैंने दक्षिणी नीदरलैंड की दयनीय सड़कों को आउतोपिस्ता की आलसी दुहरी सड़कों को काटते देखा। तोर्रेंते दे सिंका पर मैं मुड़ गया और बायोबार जानेवाली सी 1130 पकड़ ली। मेरी दायीं ओर चिंका बह रही थी, यदि आप उसे बहना कह सकते हैं तो, क्योंकि वह एक मुर्दा शरीर के गाल पर एक बहे हुए आँसू के निशान की तरह ज़्यादा थी। यहाँ का नज़ारा शानदार है। मैदान में विराट वेदियाँ इस तरह खड़ी हैं जैसे यहाँ कभी राक्षसों की ऐसी जाति रही हो जो पर्वत के आकार के देवता को पूजती हो। कुछ नहीं

उगता; यहाँ लोग क्या करते हैं यह मेरे लिए बस एक रहस्य है। वे यहाँ-वहाँ धरती में खुरचते रहते हैं और हमेशा कुछ न कुछ लेकर घर आ ही जाते हैं, और जहाँ तक बाकी का सवाल है मुझे यक़ीन है कि वे गुलमें बनाते हैं। हालाँकि यहाँ बहुत लोग नहीं रहते। मेरी यह सड़क मात्र एक विलासिता है।

मैंने कभी कभी डच मुहावरे 'वी स्खेत्स्त माइन फ़ेर्बाज़िंख़' को अपने मित्रों को अनुवाद में सुनाने की कोशिश की है : मेरे अचरज का चित्र कौन बनाता है? शाब्दिक दिमाग़ों वाले स्पानी हमेशा किसी ऐसे व्यक्ति की कल्पना करते हैं जिसके पास चित्र बनाने की कापी है। लेकिन जो मैंने आज सड़क पर देखा उसका अचंभा बयान से परे है : नीदरलैंड के इलाके ज़ेलांद की एक घुमक्कड़ लड़की, करीब पच्चीस बरस की उम्र, धूप से तपी हुई, उजले बालों वाली और सुंदर। पीठ पर लटके उसके झोले पर एक छोटा-सा डच झंडा था और वह इस तरह जतला रही थी कि वहाँ उसका खड़ी होना संसार में सबसे स्वाभाविक बात थी। कल गर्मी सैंतीस डिग्री से ऊपर थी, और अचानक मेरे बाजू में उस जगह जो अभी एक पल पहले ख़ाली थी दो चिकने भूरे पैर थे। वह सस फ़न खेंत की थी और वह जो बोल रही थी करीब-करीब फ़्लेमी भाषा थी। मुझे वह अच्छी लगती है, विशेषतः जब वह उन औरतों द्वारा बोली जाए जिनकी आवाज़ बहुत ऊँची न हो, तब उसमें कुछ रेशेदार होता है, एक साथ कोमल और खुरदुरा, जो साँस के थोड़े इस्तेमाल से पैदा होता है, शब्दों में जिस तरह हवा जोड़ी जाती है, उससे असली फ़्लेमी जुबान, जिसे वे आपस में बोलते हैं। मैं हमेशा समय नहीं पाता हूँ, लेकिन उसे मैं बढ़िया समझ गया; और उसका उच्चारण वह नहीं था जो उत्तरी डच का होता है, वह करख़्त, नंगी ध्वनि, जैसे भाषा की हर सजावट एक फ़ालतू चीज़ हो और उसमें दिए जाने वाले हर बल की सुनिश्चितता को कम कर देगी। वह इस बात पर चकित नहीं लगी कि मैं, एक स्पानी, डच बोल रहा था, हालाँकि कभी-कभी वह मेरे उच्चाण पर हँसी ज़रूर थी और बेशक क्यों नहीं?

वह समुद्र के किनारे से आ रही थी जहाँ उसने उस बाद के वार्षिक अनुष्ठान, मृतकों के पुनर्जन्म, में भाग लिया था। एक बार मैं भी उसे देखने गया था। सारे यूरोप से आते हैं वे, सफ़ेद शरीर, जैसे मृतकों के जागने के लिए आकाश से अंतिम तूर्यनाद हुआ हो। आजकल यहाँ कुछ तटों पर संपूर्ण नग्नता की इजाज़त है लेकिन जैसे पहले नग्नता वर्जित थी इसी तरह आज सफ़ेद होना मना है। वे सारे शरीर दिन में अपने पर अत्याचार करते हैं कि शाम को आईने के सामने खड़े हो सकें, और वर्ष में इन दो हफ़्तों के दौरान अवेध्य और इसलिए अमर दिखते हैं। हर आदमी अपना पुनर्जन्म प्राप्त करता है। यह मैं किसी छद्म नैतिकता से नहीं कह रहा, लेकिन मेरी इसमें

आस्था नहीं है—यह एक मिथ्या आस्था है, और इन संस्कारों में वे अपने अरुचिकर गुप्तांग एक-दूसरे को प्रदर्शित करते हैं जबकि साथ-साथ यह स्वाँग भी करते हैं कि वे उन्हें नहीं देखते। ज़्यादा मोटे और उम्र में बड़े लोगों को भाग नहीं लेना चाहिए, लेकिन वे लेते हैं। उनका कोई स्वागत नहीं करता; वे स्वर्ग के भ्रम को भंग करते हैं—मोटे इसलिए कि वे असंयम के, और उसके फल के रूप में दांते के रोग, मृत्यु तथा शाश्वत नरक-वास के दंड के, विचार जगाते हैं, और बूढ़े इसलिए कि वे निर्लज्जता से वह प्रदर्शित करते हैं जिसे सब नकारने की कोशिश करते हैं—अर्थात् भविष्य। वे एक मौन लेकिन सन्निपात-ग्रस्त पंथ की तरह होते हैं, वे सारे नामहीन शरीर जो अपने भूनने वाले चके पर संत लारेंस की तरह वहाँ जलते हुए लेटे रहते हैं, मानों वे मृत्यु के कैंसर के विरुद्ध रेडियम-सेंक लेना चाह रहे हों या अपने शव-दाह को पहले ही स्वयं कर लेना चाहते हों, जिससे उनका शरीर, उनके साथ विश्वासघात करने के दंडस्वरूप, एक आधुनिक बड़े चूल्हे में इस तरह चूर्ण हो जाए कि उनके नामहीन जीवन का लेशमात्र भी न बचे।

वह मेरे शब्दों पर थोड़ा-सा हँसी, बोली कि मैं नैतिकतावादी था, कि मैं बहकता चला गया था (फिर वही कौए और बुलबुल का क़िस्सा); और अचानक मैंने अपने को शब्दातीत ढंग से बूढ़ा महसूस किया। तो फिर मैं उसे क्या दे सकने की सोच सकता था, आत्मा का जीवन? मैंने खुद को उस तरह देखने की कोशिश की जिस तरह वह मुझे देख रही थी, और स्वाभाविक था कि वह मेरे दुर्निवार नीले सूट से शुरू होता, लेकिन जल्द ही मैंने हार मान ली, क्योंकि मुझे अहसास हो गया कि वह मुझे क़तई नहीं देख रही थी। मैंने उससे पूछा कि उसे मेरे साथ उस मठ तक चलने में कोई एतराज़ तो नहीं होगा, और समझाया कि कार्थूसियाई कौन होते हैं। उसने इसे कुछ-कुछ अविश्वसनीय कहानी समझा। मुझे युवा पीढ़ी के बारे में यह बात अक्सर लगती रही है कि ये लोग कितना कम जानते हैं। वह समाजशास्त्र की विद्यार्थी थी और बेशक उसने मठों के बारे में सुन रखा था, लेकिन नहीं, वह बोली, उसे कभी ऐसा अंदाज़ नहीं था कि हालात इतने बिगड़े हुए हैं।

"लेकिन वे नहीं समझते कि बिगड़े हुए हैं," मैंने कहा।

"तुम्हें कैसे मालूम?" उसने औपचारिक आप की जगह परिचित तुम का प्रयोग किया। औपचारिक रूप नीदरलैंड में दम तोड़ चुका था, या लगभग, या मैं अभी भी जितना सोचता हूँ उससे कमउम्र लगता हूँ, लेकिन मुझे नहीं लगता, और सवाल वाजिब था।

"खुद देख लो," मैंने कहा। "इलाके में जाकर खोज करना हमेशा बेहतर होता

है।"

हम मठ जानेवाली राह पर मुड़े। बायीं ओर तुम एक अजीब कारखाने जैसा कुछ देखते हो जिसपर छोटी-छोटी चिमनियों की कतारें हैं। इस राह के साथ उन्नीसवीं सदी का कुछ आभास है। ठंढे, छायादार, सादा पेड़, एक ज़र्द फोटोग्राफ़। उसके साथ कुछ आरामदेह-जैसा है। मैंने घंटी बजाई और बहुत देर के बाद अतिथि-धर्मगुरु को अपनी सरसराती पोशाक में आते सुना। मैं वहाँ किसी औरत के साथ पहले नहीं आया था, वर्ना मैंने खुद को इतना बेवकूफ़ न बनाया होता, क्योंकि उसे अंदर जाने की अनुमति नहीं मिली। फ़ादर आन्सेल्म ने यह कुछ क्षमायाचना भरे लेकिन दृढ़ स्वर में कहा। वे निकर पहने इस लम्बे, सुंदर आकार को देखकर चकित नहीं लगे। उसे स्वागत-कक्ष में बैठने दिया गया, लेकिन शेष मठ में औरतों को जाने की आज्ञा नहीं थी।

"ओह, चूत," उसने कहा।

"ठीक उसी के बारे में है यह," मैंने कहा।

"नहीं, यह इसलिए है कि मैं निकर पहने हूँ। एक बार वैटिकन में भी मेरे साथ यही हुआ था। गंदे बुड्ढों का टोल।"

लेकिन यह उससे भी प्राथमिक था। उसने अपने पहले जुमले से ही तीर निशाने पर मार दिया था, हालाँकि हालात को देखते हुए वह एक नागवार लफ़्ज़ था। बहरहाल, मैं गिरजाघर में थोड़ा ध्यान करना चाहता था। अपनी आदतों से मैं बहुत ज़्यादा जुड़ा हुआ हूँ।

स्वागत-कक्ष में नीम-अँधेरा था। अपनी मर्ज़ी के ख़िलाफ़, जो कि साफ़ था, वह एक सख़्त बाँहदार कुर्सी पर बैठ गई और एक सिगरेट सुलगा ली। दीवार पर हाथ से रँगी हुई, इस्पात में उकेरी 'ला दिवीना पास्तोरा' की तस्वीर थी जिसे उसने हिक़ारत से देखा। मैंने पहली बार ग़ौर किया कि वह चित्र कितना अजीब था। 'दैवी चरवाहिन' एक अदृश्य आसन पर बैठी हुई थी और एक गुलाबी पोशाक पहने हुए थी, जिसकी अटपटी सलवटें उसके मज़बूत पैरों को ढँके हुए थीं जो अनाकर्षक नहीं थे। उसकी आँखें, जो ठीक-ठीक सीधी नहीं थीं, आकाश की ओर देख रही थीं, शायद उस दैवी बालक के कारण जो उसके पास एक पीली घेरदार पोशाक़ में कुछ अकड़ा-सा खड़ा था। दैवी चरवाहिन का बड़ा, झूलता हुआ हाथ बच्चे के गुलगोथने हाथ पर लटक रहा था, जिससे आदमी को खाने की याद आती थी। बालक किसी की ओर नहीं देख रहा था, उस मेमने की ओर भी नहीं जो उसकी तरफ़ आतुरता से उछल रहा था, उस नन्हे धधकते हुए हृदय तक पहुँचने के लिए जो चमत्कारी ढंग से दैवी बालक

के शरीर के बाहर चस्पाँ था। मेमना उसे सूँघ रहा था और शायद उसे खाना चाहता होगा, जिसका प्रश्न ही नहीं उठता था। किंतु पंखों वाला पुरुष आकार, जो आकाश में चल रहा था, वह भी संभावना के संसार का नहीं था। एक दूसरा मेमना दैवी माता के नीले कोट में लगे गुलाब को सूँघ रहा था, एक तीसरा घुटने टेक कर उसके गुलाबी पंजों को कुतरता, या वैसा करना चाहता, दिखाई देता था। दैवी माता चरवाहिनों की एक ऐसी टोपी पहने हुए थी जो मारी अंत्वानेत के ज़माने के बाद से चरवाहिनों के अलावा हर जगह चलन में था और वह एक विचित्र डंडा पकड़े हुए थी। सारा दल एक पेड़ के नीचे बैठा हुआ था।

"यह कोई जादू-टोने की तस्वीर जैसी दिखती है," ज़ेलांद वाली लड़की ने कहा, "ईश्वर के वास्ते, आख़िर इस सबका मतलब क्या है?"

जब मैंने फ़ादर अन्सेल्म के लिए इसका अनुवाद किया तो वे एक कोमल मुस्कान मुस्कराए और उस लड़की को अपने पीछे एक बाजू के कमरे में आने का संकेत किया, जहाँ उन्होंने एक पर्दा सरकाया। मुझे लगा कि मेरे लिए अब गिरजाघर में जाना बेहतर रहेगा, हालाँकि शायद मैं ज़्यादा ध्यान नहीं कर पाऊँगा।

मुझे हैरत हुई कि मैं कर पाया।

कुछ ही मिनटों में मेरी पूरी पुस्तक मेरे आसपास खड़ी थी। जो अभी तक लिखा नहीं गया है। उसके साथ हमेशा कुछ रहस्यमय रहता है। वह खींचता है और निगलता है। वह एक मोच की तरह होता है। अनलिखा है तो अपना बदला लेना चाहता है; एक बार लिख गया तो जो पहले नहीं था वह एक तरह की तंतुवाद्य-सरीखी उदासी पैदा करता है, जो केवल बहुत धीरे-धीरे जाती है।

उदासी ज़ेलांद की लड़की को भी परेशान कर रही थी; मैं जब लौटा तो मैं यह देख सकता था। वह मठ के एक मॉडेल को झुककर देख रही थी और जब उसने सिर उठाकर मेरी तरफ़ देखा तो उसकी आँखों में ध्वस्त हो जाने जैसा भाव था, उन लोगों जैसा जिनका सामना किसी ऐसी वस्तु से होता है जो उनकी प्रणाली में ठीक नहीं बैठती। अक्सर इसका सम्बन्ध इस तथ्य से होता है कि वे सोचते हैं कि दूसरे लोग खुद अपने-आप को निराश करते हैं। मैं इस मॉडेल से अच्छी तरह परिचित हूँ; वह अधिकतर वाक़ई गुड़ियों के घर जैसा लगता था और चूँकि मठ एक बंद दुनिया होता है, वह विश्व का एक चित्र भी था। उसमें हर चीज़ थी, उस कमरे समेत जिसमें हम थे, जिससे ऐसा लगता था जैसे तुम्हारा दो बार अस्तित्व हो। उसकी जानकारी के लिए मैंने उँगली से वह रास्ता दिखाया जो मैंने (उसके लिए) प्रतिबंधित हिस्से के लिए लिया था। वह देखती रही लेकिन उसका दिमाग़ कहीं और था, उस सीमा

के बाहर जो मेरे लिए भी बंद रही है।

"वे चिमनियाँ नहीं हैं," उसने हठात् कहा, उन विचित्र छोटी बुर्जियों की ओर इशारा करते हुए जिन्हें सड़क से देखा जा सकता है। "ये निगरानी रखने के बुर्ज हैं। सबके अपने-अपने होते हैं.... तुम्हारी स्पानी में इन्हें क्या कहते हैं?"

"'मीरादोरेस।' सबके अपने-अपने मीरादोरेस होते हैं।"

लगा इससे वह विचलित हुई। यह उस गंभीर, खुद को चोट पहुँचाने वाले एकांत को किसी भी दूसरी चीज़ से अधिक मार्मिकता से अभिव्यक्त करता प्रतीत होता था। वह सूक्ष्म डिब्बों में से एक पर, जो एक संन्यासी की कोठरी थी, झुकी कोठरियाँ एक-दूसरी से जुड़ी थीं लेकिन अंदरूनी संपर्क नहीं हो सकता था।

"देखो, यह उसका बिस्तर है। और यहाँ वह मेज़ पर बैठ सकता है और पढ़ सकता है।"

यही सही था। एक असली गुड़िया-घर की तरह, सफ़ेद और काले कपड़ों में एक छोटा-सा पुतला मेज़ पर बैठा एक ऐसी पुस्तक पढ़ रहा था जो आपकी छिंगली के नाखून से भी छोटी थी।

"और यहाँ वह चल फिर सकता है," उसने कोठरी के पीछे के गलियारे की तरफ़ इशारा किया जो मुश्किल से तीन मीटर से ज़्यादा लम्बा रहा होगा।

"और फिर वह ऊपर जाता है, यहाँ, अपने गुस्लख़ाने के पीछे, यह रही सीढ़ियाँ, अपने.... मीरादोर को। फिर वह दूर तक देख सकता है। और इस खाँचे के ज़रिये उसे अपना खाना मिलता है।"

उसकी आवाज़ में कुछ दुख-सा आ गया था; उसके उजले बाल बुर्ज पर लटके हुए थे—वे बाल जिन्हें अंसेल्म के अलावा कोई संन्यासी कभी नहीं देखेगा। मैं कल्पना करता रहा कि उस गलियारे में एक भेड़िए की तरह घूमना और सीढ़ियाँ चढ़कर, रेगिस्तान में मूसा की तरह, रेतीले मैदान को ताकते रहना कैसा लगता होगा। लेकिन हमेशा की तरह मैं सोच नहीं सका कि कैसा होता होगा। भेड़िए की तरह? चिड़ियाघर में कभी-कभी तुम उन्हें ऐसा देखते हो मानों वे ज़ंजीर में बँधे हुए हों। सबसे डरावनी चीज़ हमेशा वह शर्मीली-सी, उद्विग्न, बाजू की तरफ़ लड़खड़ाहट होती है जिससे वे दूसरा चक्कर लगाने से पहले मुड़ते हैं। लेकिन संन्यासी भेड़ियों की तरह नहीं चलते। वे ये तीन मीटर चलने में एक घंटा लेते हैं और इस संसार से परे के विचार सोचते हैं। या नहीं?

मैंने अपना शहद खरीदा और हम लोग निकले। जब हम लोग मठ से कुछ सौ मीटर चले आए तो अचानक उसने कहा, "एक मिनट कार रोको।"

मैंने रोकी। वह अपनी सीट में पीछे मुड़ी जिससे उसका सेफ़्टी बैल्ट उसके स्तनों पर कसकर फैल गया और उसने मीरादोरों की कतार को देखा जो मुर्दा सैनिकों की तरह चिनार के पेड़ों पर निगरानी रख रहे थे।

"सारी ज़िंदगी," उसकी आवाज़ उछली, "वे वहाँ बैठे रहते हैं, सिर्फ़ एक परी-कथा के वास्ते!" इस शब्द को उसने चरम घृणा से कहा।

"वह परी-कथा नहीं है; वह एक आस्था है।"

"बकवास। मुझे लगता है उस जादूगरी की तस्वीर की वजह से, वह बाहर दिलवाला बच्चा, और वह माँ जिसके सिर के ऊपर सफ़ेद सूरज है।"

वह कुमारी माता मरियम के बारे में कह रही थी।

"कुमारी माता!" इसे भी जैसे उसने थूका। "ये लोग पागल हैं। यह धीमी खुदकुशी है। लोगों को खुद को ऐसी सज़ा देने का कोई हक़ नहीं है। एक परी-कथा के वास्ते!" उसने फिर कहा।

आस्था, परी-कथा, मिथक। मैंने विदूषक के बारे में सोचा और उसी वक़्त रॉबर्ट ग्रेव्ज़ के बारे में, जिस तरह कभी-कभी आदमी करता है। उसने एक बार 'लारूस एन्साइक्लोपीडिआ ऑफ़ वर्ल्ड मिथोलॉजी' की प्रस्तावना लिखी थी। मिथक हमारे लिए इतने विचित्र होते हैं कि हमें विश्वास नहीं होता कि वे सच हैं, क्योंकि उन्हें कुछ ऐसा समझाना होता है जो सच हो नहीं सकता, वह लिखता है, या इसी तरह का कुछ—और एक अद्भुत काव्यात्मक उड़ान में आगे कहता है, इसलिए बाइबिल की कहानियाँ, वे फ़ारस और बाबुल के मिथकों से कितनी भी मिलती-जुलती क्यों न हों, मिथक शास्त्र के ग्रंथों में नहीं मिलतीं, सिर्फ़ इसलिए कि लोग अभी भी उनमें आस्था रखते हैं। जैसे ही अंतिम आस्थावान् मर जाता है, वह धर्म मिथक बन जाता है, यही कुल मिलाकर इसका लुब्बेलुबाब है। मरियम अक्षतयोना होते हुए भी गर्भवती हुई, जब ईसा पैदा हुआ तब भी वह अक्षतयोना थी, ईसा ईश्वर का पुत्र था, मृत्यु के बाद ईसा और मरियम दोनों सशरीर स्वर्ग ले जाए गए और हम सब अंतिम न्याय के लिए अपनी मृत्यु से जीवित हो उठेंगे।

वे लोग जो उन बुर्जियों पर कभी-कभी खड़े होते थे इस सब में विश्वास करते थे, और इसीलिए फ़िलहाल इसे 'लारूस एन्साइक्लोपीडिआ ऑफ़ वर्ल्ड मिथोलॉजी' में सम्मिलित नहीं किया जा सकता था, क्योंकि किसी को वैसा करने की हिम्मत नहीं होती। हम जानते थे कि वे लोग एक मिथक में विश्वास रखते हैं, जबकि उन्हें पूरा यक़ीन था कि वे किसी मिथक में आस्था नहीं रखते। परी-कथाओं का इससे कोई सम्बन्ध नहीं था। परी-कथाओं को लोग लिखते हैं—यही उनके साथ गड़बड़ है।

मिथक बहकर आते हैं, उन्हें किसी ने नहीं लिखा होता, और सिर्फ़ बाद में उन्हें लिख लिया जाता है।

"परी-कथाएँ ऐसी चीज़ें हैं जो सच नहीं हैं। मुझे परी-कथाएँ पसंद नहीं।"

मैंने उसे अपने पैर पटकते सुना, और एक गधे को बचाने के लिए गाड़ी झटके से चलाई।

शायद किसी रहस्यमय ढंग से हम सबने मिलकर मिथकों का आविष्कार किया है। लेकिन कोई परी-कथा क्यों लिखता है? इसलिए कि यथार्थ असह्य है? मिथक किसी के द्वारा नहीं लिखे गए थे—इसका उससे कुछ न कुछ सम्बन्ध होगा। परी-कथाएँ लिखना मिथक लिखने की एक झूठी लालसा है, और इसलिए कोई भी नहीं होने की, या सभी लोग होने की, बिना नाम या चेहरे का समूह होने की, एक लुप्त प्रजाति होने की कामना है। लेकिन वैसा कर पाने के लिए बहुत देर हो चुकी थी।

जब आप उत्तर से पहुँचते हैं तो सारागोसा की आकाशरेखा स्पेन की सबसे सुंदर में से एक है। आप एब्रो नदी के दूसरे तरफ़ सेओ और लोन्हा नदियों की मीनार देखते हैं; शहर ऐसा लगता है जैसे कोई विशाल रहस्यमय जहाज़ रेगिस्तान में तैरता जा रहा हो।

"कम से कम वह सच है," मैंने कहा।

उसने अपना दुबला हाथ मेरी बाँह पर रखा, जिससे मैं चौंक उठा।

"तुम्हारा नाम क्या है?" उसने पूछा। मैंने उसे बताया।

"तिबूरोन," उसने उसे धीरे-धीरे उचारा।

"क्या इसका कोई मतलब होता है?"

"हाँ। इसका मतलब है शार्क।"

मुझे हमेशा लगा है कि शार्क के लिए जो डच शब्द 'हाइ' है वह शार्क का बेहतर बयान करता है बजाय 'तिबूरोन' के, जो किसी पनडुब्बी का नाम ज़्यादा लगता है।

"शार्क। मुझे नहीं लगता कि तुम किसी भी तरह शार्क जैसे हो। तुम्हारी राशि क्या है?"

मुझे पता नहीं था। मैं कहना चाहता था कि मैं परी-कथाओं में विश्वास नहीं करता, लेकिन मैंने नहीं कहा।

"अब तुम कहाँ जा रही हो?" मैंने पूछा।

"पाम्पलोना, और फिर घर।"

घर! अचानक मैंने उसे देखा : ब्रेस्केंस में वह नाव; शेल्ट नदी का चौड़ा, खारा मुहाना; सपाट, मोटा, हरा इलाका। उसने मुझे अपनी उन नीली आँखों से ऐसे देखा जैसे उसने कुछ ऐसा देखा हो जिसे नहीं देखा जा सकता, कुछ ऐसा जो मेरा है और जिसकी मैं हमेशा हिफ़ाज़त करता हूँ। मैं एब्रो के किनारे खड़ा था और शेल्ट के बारे में सोच रहा था, और ऐसा था मानों मैं शेल्ट की हवा को महसूस कर रहा था, क्योंकि मैं अचानक सिहर उठा। या ऐसा लगा। "तुम मुझे वहाँ क्यों नहीं ले चलते?"

अब मैं जान गया कि मैं क्यों सिहरा था। वह वहाँ खड़ी हुई थी, उत्तर दिशा। फिर भी मुझे भी उसी देश में होना था, लेकिन उसे पिछड़े, बेज़ुबान, विस्मृत, परी-कथा हिस्से में।

"मुझे काम करना है।"

"ओहो।" और उसने मेरा स्पानी इंजीनिअर का सिर अपने दोनों हाथों से पकड़ा, उस पर दो चुम्बन टपकाए और फिर एक तीसरा अललटप, मेरी आँखों के पास बीच में, पिछली सीट से अपना झोला उठाया, "बाइ बाइ, शार्क" कहा और चली गई, भूमध्यसागर, मेरे सागर की धूप में तपी एक उजले बालों वाली आकृति, लहराती, बलखाती हुई, बिना पीछे देखे, ठीक उसी तरह जिस तरह संसार के सबसे ख़राब लेखक होना चाहेंगे।

मैं कार में स्कूल वापस आया, शहद के मर्तबान में अपनी उँगली डाली, देर तक और उदासी से उसे चाटा और संन्यासी की उस कोठरी में उन लम्बे बालों को लटकता देखता रहा। मैं बहुत ज़्यादा शार्क जैसा नहीं हूँ। और यह परिच्छेद बहुत लम्बा खिंच गया है। दूसरी ओर, जापानियों में, असमरैखिकता को सौंदर्यशास्त्र में अनिवार्य माना गया है। कम से कम एक राष्ट्र तो है जो संपूर्णता में विश्वास नहीं करता या करता है।

19

इस बीच में काइ शोफ़र बन गया था। आप सोचेंगे कि इससे उसे भागने का मौक़ा मिला होगा, लेकिन यह ख़याल उसके दिमाग में नहीं आया। उसे अपने गले के ऊपर फ़्लोरिस का अधगोल चाकू ख़ूब याद था, और साथ में, अपने सफ़रों में उसें अमेरिकी अपराध-फ़िल्मों के किसी अभिनेता जैसा लगता था; काली-और-सफ़ेद में बेहतर। उसे वह बड़ी तात्रा चलाना अच्छा लगता था, भले ही उसकी यात्राएँ कभी भी कुछ सौ किलोमीटरों से लम्बी नहीं होती थीं। अक्सर फ़्लोरिस उसकी बग़ल में बैठता था और इलाके और दृश्यों पर लगातार तीखी टिप्पणियाँ करता रहता। हर यात्रा पर उन्हें कोई न कोई चीज़ लानी पड़ती लगती थी। फ़्लोरिस या उल्रिष या, छोटी यात्राओं पर, उन दूसरे आदमियों में से एक जिनके नाम उसे कभी किसी ने नहीं बताए थे और जिनकी भाषा वह नहीं के बराबर ही समझ सकता था, कहीं एक घर में घुसता और कुछ देर बाद लौटता। काइ कभी कोई सवाल न करता, और किसी ने उसे कुछ नहीं बताया। कभी-कभी बहुत शोर होता या काँच टूटने की आवाज़; कभी वह गोलियों की आवाज़ सुनता, और तब उसे बाद में और तेज़ गाड़ी चलाना पड़ता; या, फ़्लोरिस के निर्देशन में, किसी पीछा करने वाले से पीछा छुड़ाना पड़ता।

यह सारी चीज़ें वह एक आदर्श स्वचालित यंत्र की तरह करता : वह कार चलाता, और कोई दूसरा, अनाम आदमी उसे संचालित करता। जो चीज़ें उसे चिंतित करतीं, लेकिन सिर्फ़ कभी-कभी, वे थीं उसकी आँख की तकलीफ़ और उस औरत का उसके कमरे में आना-जाना। यह सारी चीज़ें उसके जीवन में उसके उत्तर छोड़ने के बाद आई थीं। यहाँ दूसरे कानून चलते थे। वह उस औरत का किसी नाम से नहीं बुलाता था, और वैसे भी, उससे बोलने का काम नहीं लिया जाता था। वह एक ऐसा घेरा थी जो उसके आसपास और कसता जाता था। वह जानता था कि उस क़िले में, या होटल में, जैसा वे उसे कहते थे, उसके बारे में मज़ाक़ किए जाते थे, लेकिन वह कोई प्रतिक्रिया नहीं देता था। उसने अपने में एक ही चीज़ पर ग़ौर किया और

वह यह कि जब वह नहीं आती, या जब उसे लगता कि उसे आने में देर हो रही है तो वह एक बेचैनी महसूस करता। शायद उसे उन मौन घटनाओं की लत पड़ गई थी जिनमें दर्द और विवशता और सुख के रूप आपस में मिल-जुल गए थे। एक ऐसी इच्छा, जो नष्ट करने पर तुली हुई लगती थी और खुद उसकी इच्छा की तुलना में अधिक प्रबल थी, उस पर इस तरह शासन कर रही थी जिस तरह पहले किसी और वस्तु ने नहीं किया था। जब वह ख़त्म होता, तो वह बिना किसी स्मृति के छोड़ दिया जाता—अपने पलंग के किनारे पर नितांत चुप्पी में बैठा या खिड़की से घंटों बाहर तकता एक आदमी।

किले में वह अपनी मर्ज़ी के मुताबिक़ कहीं भी जाने के लिए आज़ाद था, जिस सहूलियत का उसने बहुत कम इस्तेमाल किया। उसे लगता कि वह जगह एक होटल, एक रिहायशी स्कूल और एक क़ैदख़ाने की तरह है और उसमें रहने वाले ज़्यादातर लोग उसकी पसंद के नहीं थे। कभी-कभी वह उल्रिष से कुछ देर बात करता, जो और-और थका दिखने लगा था और उसे बच्चा सरीखा समझकर, या किसी ऐसे व्यक्ति जैसा जिसे कुल मिलाकर गंभीरता से नहीं लिया जा सकता था, बर्ताव करता। जुआ बहुत चलता होता, जिसकी वजह से फ़्लोरिस, जो एक दिन किसी नाटक से एक वर्दी में लौटता और अगले दिन शाम के भोजन की औपचारिक पोशाक़ या ऐसे ही किसी दूसरे बेमौज़ूँ कपड़े में, इतना उकसाने वाला बर्ताव करता कि खेल मार-पीट में ख़त्म होता और उल्रिष को बीच-बचाव करना पड़ता।

औरतें नहीं थीं। वह अपना खाना अक्सर फ़्लोरिस और उल्रिष के साथ खाता। वह वहाँ कभी नहीं होती, और उसे मालूम नहीं था कि उसके कमरे कहाँ हैं। कुछ दिनों पर अक्सर के मुकाबिले ज़्यादा आदमी होते। तब वह अपने कमरे में रहना पसंद करता, जहाँ से वह गाना-बजाना और धुत्त चीख-चिल्लाहट सुन सकता था। एक बार उसने दो को खून से लथपथ एक को एक कमरे से बाहर ले जाते देखा। वह मौत का ख़ौफ़ था जो उसने उस आदमी की आँखों में देखा था, लेकिन तब भी उसने कोई सवाल नहीं किए थे। उसके और शेष संसार के बीच में एक पर्दा था, और वह उसके पीछे इस तरह रहता था जैसे किसी मछलीघर में। जब वह उसकी आँखों में देखता, लेकिन उसे ऐसा अक़्सर करना अच्छा नहीं लगता था—तो वह उनमें देखता कि वह उसे नहीं देखती थी, जैसे उनके बीच में जो कुछ होता उसका क़ोई संबंध वाक़ई उससे न रहता और जैसे उसके साथ-साथ कमरे में एक दूसरी,

अवैयक्तिक शक्ति भी थी, नामतः एक सर्वग्रासी, भूखी वासना। उन आँखों में देखने के लिए कुछ भी नहीं था। तुम काँच और बर्फ़ की सुरंगें देखते जो एक ऐसी दुनिया में ले जाती थीं जहाँ इतनी शीत थी कि तुम अगर उसमें बहुत भीतर निकल जाते तो ठिठुर कर मर जाते।

20

परी-कथाएँ एक-आयामी कहानियाँ होती हैं। इसीलिए उनमें चीज़ें भी मुख्य पात्रों के रूप में आ सकती हैं जैसा आप आंदर्सन में देखते हैं। मोमबत्तियों की परी-कथा। "एक वक़्त एक ऐसी मोमबत्ती थी जो अपनी कीमत जानती थी।" नायिका एक मोमबत्ती है और उसमें एक ही चरित्र-गुण है। परी-कथाएँ बंद प्रणालियाँ होती हैं, यही उन्हें इतना भयानक बनाता है। "नीचे आया पुच्छलतारा, अपने जलते हुए केन्द्र से धधकता हुआ और अपनी धमकाती हुई दुम के साथ," "कुआँ गहरा था यही कारण है कि रस्सी इतनी लम्बी थी।" हर चीज़ हमेशा दूसरी के साथ सही बैठती है, लेखक को वहाँ कुछ खोजना नहीं पड़ता। परिणाम निर्धारित रहता है, पात्रों का केवल एक आयाम होता है, कोई झूठ नहीं बोला जा सकता, सिवा इस तरह कि सब लोग उसे देख सकें। दिया गया काम : परी-कथा शैली में एक मरणासन्न कैंसर रोगी की कहानी कहो, जिसमें लालची, बढ़ती हुई कोशिकाएँ नन्ही लाल राइडिंग हुड के लिए भेड़ियों जैसी भूखी हों। शर्त लगाते हो कि वह लिर [illegible] सकेगी? आज चालीस डिग्री है।

21

"आह, 'होनोफ़्लोदे,' 'होनीसेइमे,' " सुनहरी रंग की दाढ़ी वाला वह आदमी बोला जिसकी गोद में लूसिआ बैठी हुई थी, और उसने लूसिआ के बालों और कंधों को थपथपाया। वह अपना सिर पीछे किए बैठी, नहीं, लेटी थी और उसने आख़िरी पत्तियों के बीच से पतझड़ की साफ़ रोशनी को देखा। जब डालियाँ हिलतीं तो रोशनी की किरणें हटतीं और एक-दूसरे का पीछा करतीं, जैसे आपस में लिपट जाना चाहती हों। उनके आसपास दूसरों की चटर-पटर और बुदबुदाहटें, चुम्बन, आलिंगन, छुअन, उनके गुत्थमगुत्था होते शरीरों के नीचे टहनियों और सूखी पत्तियों की कोमल चटकन की आवाज़ें सुनी जा सकती थीं। कभी-कभी कोई किरण सीधी गिरती थी। तब वह यह देखने के लिए ऊपर देखती कि उस आदमी का सिर किस तरह उस किरण से प्रकाशित होता था, और वह इसे देखता और अपने अचानक और दमकते चेहरे से मुस्कराता और उस किरण को मुट्ठी में पकड़ने का अभिनय करता। उसने फुसफुसाकर प्रकाश से 'ईश्वर' कहा और जब उसने उसके कंधे या स्तन छुए तब 'ईश्वर' कहा और एक पत्ती को उठाकर 'ईश्वर' कहा जिससे उसपर एक सुनहरी दमक आ गई और लूसिआ उसके रेशों को एक क़लम और स्याही से बनाए गए रेखाचित्र की तरह देख सकती थी।

ईश्वर। वह एक ऐसी वस्तु थी जिससे उसने कभी अपना वास्ता नहीं रखा था, लेकिन उसने उसे इतनी बार और हमेशा अपनी आवाज़ में उस गुनगुनाहट के साथ कहा कि अब जब वह जल या किसी पक्षी को देखती तो वह भी हौले से और एहतियात से, अपने होठों को खोले बिना वह विचित्र, छोटा शब्द बुदबुदाती जिससे वह चीज़ों पर मुहर लगा रहा था। यह कब से इस तरह चल रहा था? उसने उसकी दाढ़ी से एक बाल खींचा और उसे अपनी उँगलियों में लपेटा, हर दिन के लिए एक गठान। सो यह पतला, बारीकी से गूँथा गया छोर पहला दिन था, जब जंगल में गाने और ढोल की आवाज़ें गूँजी थीं, और अना ने कहा था "शोरीले लोग" आ रहे हैं, एक

ऐसा नाम जो माना जा सकता है उन्होंने इसलिए अर्जित किया है क्योंकि वे हमेशा इतना खुशी-भरा शोर मचाते थे। इसके पहले कि उसे इसके बारे में सोचने का मौका मिलता वे पास आकर खड़े हो चुके थे, झूमते हुए और नाचते हुए, वह आदमी सामने, उसके पीछे मर्दों, औरतों और बच्चों का एक झुंड, और उन्होंने अना और लूसिआ का इस तरह अभिवादन किया जैसे वे उन्हें लम्बे अरसे से जानते रहे हों, और उसने अपना हाथ उनके सिरों पर इस तरह रखा था और वह ऐसा था जैसे कोई चिड़िया उन पर उतर कर बैठी हो। फिर उन्होंने मिल-बाँट कर खाना खाया और अपने तम्बू लगाए, और शाम होने तक चुप्पी रही और फिर गाना और नाचना शुरू हो गया और उन्होंने एक बड़ा अलाव जलाया।

लूसिआ ने उस बाल को घुमाकर निकाला और उसे पकड़कर धूप में उठाया। इसी तरह अधिकतर समय बीता था लेकिन उस आदमी का विश्वास समय में नहीं था। क्या होता है समय, उसने सचमुच कभी खुद से नहीं पूछा था, और उसे इसकी ज़रूरत भी नहीं थी, क्योंकि उसने कहा था कि समय का अंत होगा।

क्योंकि जब यह शताब्दी समाप्त होगी, एक हज़ार वर्ष पूरे हो चुके होंगे और जो कुछ वर्ष फिर भी बचेंगे वे आख़िरी राहत होंगे; उसके बाद हर वह वस्तु जिसका समय में अस्तित्व है समाप्त हो जाएगी, और समय भी। उसने अना को मुस्कराते देखा था, हालाँकि आपने इसे दुख का एक कारण समझा होता, लेकिन वह आदमी और उसके मित्र भी उससे परेशान नहीं लगते थे। वे तालियाँ बजाते और नाचते रहे जबकि वह इसे दुहराता रहा, उसकी आवाज़ हर बार और ऊँची और प्रबल होती गई। फिर वे खड़े हो गए और एक-दूसरे के कंधों पर हाथ रखे हुए एक विचित्र आनंद से भरे हुए चेहरों के साथ नाचने लगे। सहस्राब्दी का अंत, वे तीन शून्य, जिन्हें उसने अँधियारी होती हवा में अँगुली से बनाया, अलाव के ऊपर वृत्तों की तरह—तुम इन शून्यों में विलीन हो जाओगे, विदा हो जाओगे, सारे समय गाते हुए, उस स्थान के लिए जहाँ सब बेहतर होगा, मानो हवा में बनाए गए उन शून्यों के छिद्रों में आकर्षण की ऐसी बहती शक्ति हो जो सारी वस्तुओं को उनमें अंतर्धान कर देगी। समय की अनुपस्थिति में, जो फिर उसके बाद आएगी, हर वस्तु घुल जाएगी, भुरभुरा कर गिरेगी, अदृश्य हो जाएगी, और जो शेष होगा वह एक उच्छ्वास से अधिक न होगा, स्वयं उच्छ्वास होगा, उस उच्छ्वास की स्मृति होगी, और फिर कुछ नहीं। सर्कस के सिंहों की तरह फिर हर व्यक्ति उन तीन शून्यों के जलते हुए घेरों में से कूदेगा, और वह है सिंहों को पालतू बनाने वाला।

हज़ार, हज़ार, यह शब्द उस छोटी-सी भीड़ के बीच फुसफुसाता और चमकता रहा, और उसने अना के हाथ को अपने ऊपर महसूस किया था और पूछा था कि क्या वह सच था, और अना मुस्कराई थाी और दूसरों के साथ लय में झूमी थी और बोली थी कि हज़ार आदमी का बनाया गया सिर्फ़ एक पैमाना है और जब भी यह संख्या पास आती है तो कुछ लोग एक निगले जाने जैसी भावना, एक हसरत महसूस करते हैं जो उन्हें लगातार गिनने से दूर खींच ले जाती है क्योंकि गिनने से तुम्हें मृत्यु की याद आती है और ऐसे लोग, मरने के अपने भय में, मृत्यु की कामना करते हैं, एक समूह में हो तो बेहतर। लूसिआ यह नहीं समझी थी, लेकिन फिर अंगूरी शराब बँटने लगी, मीठी और भारी, और वह आदमी आग के चारों ओर पागलों की तरह नाचा था जिससे ऐसा लगा था कि उससे लपटें उठ रही थीं और उसने पुकार कर कहा था कि ईश्वर आग में था और हर वस्तु ईश्वर थी और इसलिए आग भी, और स्वयं वे भी, और फिर उसने अपने हाथ ऊपर उठाए जब तक वे सब चुप नहीं हो गए और उसने अपने कपड़ों के छेदों की ओर संकेत किया था, और उन्होंने सबने अपने कपड़े और भी फ़ाड़ लिए थे ताकि वे पहले से और भी ज़्यादा फटेहाल लग रहे थे, और सर्दी के बावजूद उसने अपने कपड़े उतार दिए थे और पुकार कर कहा था कि यदि सब कुछ ईश्वर है तो पाप भी ईश्वर का अंश होना चाहिए और ईश्वर का अंश होना अच्छा था भले ही तुम उसके प्रकाश का अंश हो या अँधियारे पक्ष का क्योंकि उसके लिए प्रकाश और अंधकार, शुभ और अशुभ एक हैं, क्योंकि उसमें कोई विरोध ाभास नहीं हैं और इसलिए जिसे लोग अशुभ कहते हैं वह कभी भी शुभ के विरुद्ध नहीं हो सकता, क्योंकि एक ऐसे ईश्वर में जो एक है और अविभाज्य है कोई विरोध ाभास नहीं हो सकते; और फिर उसके सुनहरे मुँह से निकलने वाली आवाज़ एक और ऊँचे स्वर में गाने लगी, और उसने कहा था कि उन्हें अब भी सताया जा रहा था क्योंकि वे संसार के अकेले आज़ाद लोग थे, कि यह दुनिया सर्वनाश को जा रही थी जिसमें उसी मूल के लोग दूसरों को अपने कब्जे में रखते हैं और जो हुक्म देती थी कि उन्हें कैसे रहना है, और जल्द ही महामारी आ रही है जो सारे अन्याय को विनाश की एक विराट शुद्ध कर देनेवाली अग्नि में नष्ट कर देगी।

महामारी, महामारी—ऐसा लगा कि इस शब्द पर उसकी आवाज़ पेड़ों के ऊपर उछली और लौटी ओर जो लोग उसे पुलकित होकर देख रहे थे उनके चेहरों पर कोड़े जैसी पड़ी; और उसके बाद अब उसके शब्द समझ से परे हो गए क्योंकि जो ध्वनि वह कर रहा था वह एक लम्बे, हकलाते स्वर की तरह लग रहा थी जो रह-रह कर बार-बार एक कोड़े की फटकार की तरह विस्फारित होता जबकि दूसरों की आवाज़ें,

उतनी ही ऊँचे स्वर में, उस कोड़े के आघातों से उत्पन्न हुई पीड़ा को अभिव्यक्त करतीं।

बाद में लूसिआ ने सोचा कि वह तब उससे डरी थी, फिर भी साथ-साथ उत्तेजित भी थी, क्योंकि उसकी आवाज़ ने उसे ऊपर उठा लिया था और दूर ले गई थी और फिर, सौभाग्यवश, उसे वापस ला दिया था, हल्की, अधिक शांत बनते हुए, जब तक कि उसके शब्द फिर पहचान में आने लगे और वह अब दंड के बारे में नहीं, प्रेम के बारे में बोल रहा था। प्रेम, प्रेम—यह शब्द सारी दिशाओं में सरक रहा था। उसे बिलों में जानवरों के पास, पक्षियों को उनके घोंसलों में पहुँचना था; वह पेड़ों पर उछलना चाहता था और आग के धुएँ के साथ आकाश में ग़ायब हो जाना चाहता था, तारों तक, जब तक कि वह अंततः नीचे नहीं आ गया और इंगितों में, उन हाथों में बैठ नहीं गया जिनसे वे एक-दूसरे को छू रहे थे, अब भी आहें भरते हुए और बुदबुदाते हुए, एक-दूसरे को सहला रहे थे, आग की दमक में झूम रहे थे मानों वे सब मिलकर एक विशाल, सहवास करता शरीर थे जिसे शीत नहीं लग रही थी और जो लेटा हुआ भिन्सारे तक नाच सकता था। लेकिन उस वेला के बहुत पहले वह उसके पास आया, अग्नि का एक आकार, और उसने एक ऐसी मुस्कान के साथ अपना हाथ बढ़ाया था जिसने उसे एक मधुमक्खियों के छत्ते में लपेट दिया, एक सिंह को सिखानेवाले की मुस्कान जो सिंह को अपने जलते हुए पट्टे के त्रुटिहीन शून्य में से कूदते देखता है। उसने मुड़कर अना को देखा था जो अब पहले से कहीं ज़्यादा एक कृपालु विदूषक दिख रही थी, और अना ने, जैसे उसे यह सब पहले से ही मालूम था, हामी में सिर हिलाया, उस एक चेष्टा से बड़ी भारी चीज़ें अभिव्यक्त करते हुए, और फिर वे आग के आसपास के घेरे से और सभी दूसरों से तब तक इतने दूर चले गए थे कि वह आग सिर्फ़ दूर की एक दमक थी, और वहाँ उसने लूसिआ के साथ एक बादल की तरह प्यार किया था।

एक बादल? हाँ, एक बादल, एक ऐसी वस्तु जो पूरी थी और एक ही समय में जब जगह थी, एक बादल सुनहरी दाढ़ी वाले एक आदमी के आकार में, दाढ़ी जिससे उसने वह दमकता बाल खींचा था जिसे वह अब अपनी उँगलियों के इर्द-गिर्द लपेट और खोल रही थी जैसे वह स्वयं समय को अपनी उँगली पर लपेट सकती थी; और एक ऐसे छल में जो इसका भाग था, यों था जैसे उसका पिछला जीवन, उसका नाम और शायद वह खुद घुल गए थे, एक ऐसे तत्त्व में बहते हुए जो कुछ भी का नहीं था, जहाँ शब्दों का कोई महत्त्व नहीं था, जहाँ हर वस्तु इतनी भरी हुई और रीती थी जैसे एक बादल जो आकाश से निर्बाध निकलता है।

22

अब मैं खुद एक गोद में बैठा हूँ, और क्या गोद है। यह बिम्बों और मुहावरों के एक सामान्य स्तर के भ्रम का रूप है, यहाँ जो कुछ मैं कर रहा हूँ उसके अधिकांश की तरह, लेकिन जब उस क्रिसोस्तोम की शहद-जैसी ध्वनियों के बीच आप एक दूसरी उद्दंड आवाज़ सुनते हैं, जिसके लगातार अधिक चुभते हुए व्यंजन गर्जना के स्तर तक पहुँच जाते हैं, जैसे कोई ग़ैरक़ानूनी रेडिओ स्टेशन उस वक़्त ख़लल पैदा करे जब आप बाकायदा मोत्सार्ट सुन रहे हों, तो आप कैसे तटस्थ रह सकते हैं? और जब वह दख़ल देने वाली घृणित आवाज़, जिसे कोई और नहीं सुन सकता, दरअसल आपकी ही हो, लगातार बढ़ते हुए प्रकोप से गरजती हुई जब तक कि स्वर-संगतियाँ डूब न जाएँ, तो आप मोत्सार्ट को बंद कर दें तो ही अच्छा।

लेकिन मेरा कोई वश नहीं है; मुझे ईश्वर शब्द से ही चिढ़ है। मैं उसे मेरी ख़ुद की आवाज़ के उसका विरोध किए बग़ैर सुन नहीं सकता, उसे इस तरह लिख ही नहीं सकता कि उसी वक़्त मेरा बायाँ हाथ उस काग़ज़ को फाड़ने की कोशिश न करे या स्वतंत्र रूप से एक अलग, ज़्यादा ज़िद्दी तरीके से, एक दूसरी दिशा की ओर झुकता हुआ, एक अलग किताब लिखना शुरू न कर दे। और यह सब नख़रेबाज़ी किस लिए? क्या मैं ख़ुद वक़्तन-फ़वक़्तन एक मठ नहीं जाता? सच है, लेकिन कार्थूसी संन्यासी किसी को परेशान नहीं करते, वे दुनिया से कुछ नहीं चाहते। मैं वहाँ अपनी मर्ज़ी से जाता हूँ। यह बिना मेरे चाहे मुझे आड़े हाथों नहीं लेता, जैसा पहले किया करता था; यह मुझसे किसी चीज़ की माँग नहीं करता।

मुझे अना की जिंदगी से कुछ सीखना चाहिए; औरतें हमेशा ज़्यादा दानिशमंद होती हैं। वे वह जानती हैं जो मैं खुद जानता हूँ : कि दुनिया ने पहले भी ऐसी कई सहस्राब्दी फंतासियाँ देख और पचा रखी हैं। स्वैच्छिक निर्धन, रैन्टर संप्रदाय, फ्रातीचेल्ली पंथ, प्लोतिनुस का आत्म-ईश्वरीकरण और उसकी बर्राहटें, स्वतंत्र आत्मा के बंधुजन, जिनका प्रतिबिम्ब आपको बाद में विज्ञान का वेश धारण किए स्पिनोज़ा

में मिलता है, जो अपने अवैयक्तिक ईश्वर का साम्य प्रकृति से बैठाता है, दैवी कल्याणकारिता, और उसके बाद, शब्दशः हमेशा एक वही, सबको अंगीकार करने वाला धन्यत्व जिसमें सभी कुछ ईसाई पिता-पुत्र-पवित्रात्मा की वृहत्त्रयी भी, एक दिन घुल जाएगा, मानवीय आत्मा दैवी चषक से टपकी हुई एक बूँद की तरह देखी गई जो अपने भंगुर, अन्दैवीय जीवन के बाद वापस उसी में गिरा दी जाएगी—वे सारे सिद्धांत जो समानता में एक सन्निपाती आस्था रखते हैं, समानता, जो संपूर्ण ईश्वरीकरण की सदा अधिकाधिक उभरती लहरों का अपरिहार्य अंग है, वे सारी फ़ंतासियाँ, छद्‌म—इसीदौरे के जाली अध्यादेश और उसके 'पोप क्लेमेंत के पत्र' जिन्हें क्लेमेंत ने कभी नहीं लिखा था, 'रोमाँ द ला रोज़' के समतावादी स्वर्गिक स्वप्न, सुख का अधिकार, एक-दूसरे के शरीर का अधिकार, बढ़िया लुभावनी लेकिन धोखादेह चीख़-पुकार, अंतहीन दुहराई गई आदर्शवादी प्रवंचनाएँ जिनसे मानवता को बार-बार छला जाता है!

इन अधपके भूमध्यसागरीय चंडूखाने के सपनों में से किसी एक को लो और बीसवीं सदी में स्थानांतरित कर दो जबकि शून्य दुबारा अपने अभियान पर निकले हुए हों; उसे कंपूचिआ के जंगलों में ले जाओ और पोल पोत से भेंट करो, जिसकी विचारधारा में ऊब और सम्पत्ति तथा और नगरों के अस्तित्व की आज्ञा नहीं है, कोई परिवार नहीं और कोई भावना नहीं, संगीत नहीं, गीत नहीं, पुस्तकें नहीं, अतीत का कोई ज्ञान नहीं। तीस लाख लोग उसके लिए मर चुके हैं, क्योंकि जब भी कोई आदर्श सपना कानून बन जाता है तो लोगों को हमेशा मरना ही होता है।

लेकिन शुरुआत में हमेशा लुभाया जाना होता है, हमेशा सुनहरे मुँह वाले आदमी होते हैं, जैसे वह पागल जिसकी गोद में अभी लूसिआ बैठी हुई है!

गोद, गोद, बंद करो यह, तिबूरोन! तुम अकेले हो। शांत रहो। यह रहा मैं अपने कक्षा के कमरे के बीच, मेरी उँगली दुकादो से झुलसी हुई, कोठरी में चहलक़दमी करते हुए किसी संन्यासी की तरह; जब मैं छत को देखता हूँ तो वह खुली हुई है और एक दानवी के सुनहरे बाल उससे लटक रहे हैं। मैं चाहूँ तो उनपर चढ़ सकता हूँ जैसे टार्जन किसी लता पर चढ़ जाता है! तुम फिर बर्रा रहे हो; तुम हर चीज़ गड्‌डमड्‌ड कर रहे हो। बेचारे बूढ़े गणितीय स्पिनोज़ा का तुम्हारे गीतात्मक सुनहरी-दाढ़ी से क्या लेना-देना? तुम उस गोद के बारे में कुछ कहने वाले थे जिसमें तुम बैठे हुए थे, याद है?

गोद। कुछ बिम्ब दूसरों से इतने ज़्यादा शक्तिशाली क्यों होते हैं? तुम अपनी हर धर्म और आदर्श तंत्र के हर रूप के प्रति घृणा को फ़ादर विन्सेण्ट की नितांत

महत्त्वहीन गोद से क्यों जोड़ते हो? गोद? वह एक घाटी की तरह ज़्यादा थी, भूरे, सख्त बालों वाले कपड़े की घाटी। हे भगवान, कैसे लेखक एक घटना को इतना तूल दे देता है। मेरे रिहायशी स्कूल के कितने सारे लड़के एक पूज्य पिता की गोद में नहीं बैठे हैं और आज खुद फ़िलीपीन में किसी अजीबोग़रीब नाम के गिरजा-इलाके में किसी ऊँचे पुरोहित-पद पर हैं, निकारागुआ में जेसुइट हैं, अस्तूरिआस के किसी क्षेत्रीय अख़बार के प्रधान संपादक हैं या बस मर चुके हैं, शांतिपूर्वक गुज़र गए हैं? मैं इतना राम-रौला क्यों मचा रहा हूँ?

वजह यह है : क्योंकि मैं अभी भी डैस्क पर बैठा अकेला बेवकूफ़ हूँ, और डैस्क, जिसकी पुश्त को मुझे थोड़ा उखाड़ना पड़ा है, के माप से मैं जान सकता हूँ कि मैं उस वक़्त कितना छोटा रहा हूँगा। छोटा और आकर्षक। भगवान की कृपा है कि इस कक्षा के कमरे में कोई आईना नहीं है; वर्ना मैं यह देखने को बाध्य होता कि उन दिनों का वह बच्चा उस हट्टे-कट्टे नीले कपड़े पहने आदमी में बदल गया है जो इस वक़्त यहाँ बैठा है, चालीस डिग्री की गर्मी में पसीना-पसीना। हाँ, आप चाहें तो जाँच सकते हैं; 1989 की गर्मियों में सारागोसा में चालीस के आसपास तापमान मापे गए थे।

मेरे पिता के अराजकतावादी रुझानों के बावजूद मेरी पढ़ाई एक कार्मेली रिहायशी स्कूल में हुई थी जिसने पहले एक खराब और बाद में एक अच्छी सरकार के लिए कई मेधावी प्रशासक तैयार किए थे। आप उस स्कूल का नाम कई जीवनियों या मृत्यु-आलेखों में देख सकते हैं। फ़ादर विंसेण्ट को छात्रावास की निगरानी का जिम्मा सौंपा गया था लेकिन वे ज़्यादातर जिसकी निगरानी करते थे वह था मैं, और मेरा, उन दिनों, इतना छरहरा बदन। और यह सबसे ख़राब बात तक न थी। वे लेंटन उपदेश भी दिया करते थे और मैं आजीवन भाषण-कला के आगे विवश रहा हूँ। जब वे यंत्रणा, नरक और दैवीय दंड के बारे में बोलते, तो लेथे की काली लहरें सीधे ईसा के दारुण घावों से चैपल में बहने लगतीं, मैं, पैंट पहना हुआ एक डेढ़ मीटर का पापी, रक्त, पित्त, सिरके और शरीर-द्रवों के मिश्रण में डूब जाता। बदतर यह था कि वे मेरे पापों का इक़बाल सुनने वाले पादरी भी थे, जो वे तब तक रहे, जब तक कि सौवीं दफ़ा, मैंने वही बचकाना पाप इक़बालिया ख़ोखे के खाँचे से इस तरह धकाया जैसे उनके भूरे चोग़े पर पोंछना चाहता होऊँ, और अचानक उन्होंने नीम-अँधियारी लकड़ी की जाली में से कुपित होकर फुफकारा, "अरे कामुक बकरे;" और फिर भी, शाम को, उन्होंने मुझे बिस्तर से उठाकर बुलवाया और फिर अपनी बड़ी भूरी गोद में खींच लिया। गाढ़ा कपड़ा मेरे उघड़े हुए पैरों पर रगड़ता रहा, मैं उस घाटी और उन

फुसफुसाहटों से बच निकलने के लिए चुपचाप संघर्ष करता रहा। मैं वहाँ बैठना नहीं चाहता था।

मैं क़ुबूल करता हूँ, यह मुश्किल से कोई प्रभावशाली तार्किक निष्कर्ष है, लेकिन उस वक़्त से मुझे सिर्फ़ कारमेलियों की गोद से ही नहीं बल्कि, सीधे परिणामस्वरूप रोम, मास्को, जिनोवा, मक्का की गोदों और दोर्द्रेख्त के सिनोद की गोद से वहशत रही है और उनके सिद्धांतों के उतने ही दाग़दार विकल्पों से, पंथों और आदर्श तंत्रों से और किसी भी उस से जो किसी अलग, किसी उच्चतर और श्रेष्ठतर वस्तु के एवज़ में बोलने का दावा करता है, और जो इसलिए झूठ बोल रहा होता है, किसी भी उससे जो किसी पोप या किसी आयतुल्लाह या किसी सत्य की गोद में बैठना चाहता है, और जो मेरी तरह अकेला नहीं होना चाहता, सिर्फ़ पैदा नहीं होना चाहता, निर्मित होना चाहता है, एक ऊदबिलाव, गिद्ध या टिड्डे की तरह सिर्फ़ अपने आप जीवित नहीं रहना चाहता।

"हो, हो तिबूरोन, खुर्राट मगरमच्छ, क्या सचमुच तुम्हारा यही मतलब है?" जब मैं बहक जाता था तो देल्फ़्त की वाद-विवाद सभा में मेरे सहपाठी पूछा करते थे। डच लोग हमेशा जानना चाहते हैं कि आप जो कह रहे हैं वही आपका मतलब है। "नहीं, बेशक़ नहीं," मैं जवाब देता। तब वे ठठा कर हँसते। "यारो, बेचारे बुजुर्ग तिबूरोन का आज बुरा वाला दिन है; उसे घर की याद आ रही है; वह अपने स्पानी मूड में है।" और वे अपनी उँगलियों से सींग बनाते और 'तोरेआदोर ओले' गाते और मुझे डच जिन से लबालब भर देते। लेकिन मैं अब भी वही हूँ। हर आदमी जो चाहे वह सोचे, और हर तरह की असहमति की अनुमति है, जब तक कि वह दूसरों को उसमें न लपेटे। जो भी ऐसा करते हैं, वे लुभानेवाले, मैं उनसे घृणा करता हूँ, जिनमें वह महत्त्वहीन मूर्ख भी शामिल है जो लूसिआ के साथ मैथुन कर रहा है जबकि आखिरी सुनहरी, फिर गुलाबी, फिर काली आग राख में दमकती है। हाँ, बेशक, मैं उसे देख सकता हूँ। उस कोई नहीं की, जो एक परीकथा लिखता है, सर्वदर्शी आँख सारी आँखों में सबसे ज़्यादा तिर्यक आँख होती है; और इसलिए वह यह भी देखती है कि उस छोटी सी दूरी के बावजूद जो अब भी काइ और लूसिआ को अलगा रही है, उस संपूर्ण जोड़े का हर दूसरा खोया हुआ अर्धांश उस व्यवस्था से अलग, विरोधी व्यवस्था में रह रहा है जिसे प्रेम के नाम से जाना जाता है।

23

एक सुबह काइ उठा और जान गया कि बर्फ़ गिर रही थी। वह इसे बिना कुछ देखे जानता था; उसने उसे उसकी वजह से सुना जो उसने नहीं सुना था। बर्फ़ ढँकती है; दुनिया के ऊपर एक कपड़ा बिछ जाता है। वह उठा और खिड़की पर गया। जिन दो कौओं को उसने पहले लक्षित किया था वे आकाश में अजीब घुमावों में उड़ रहे थे जैसे लिख रहे हों। बड़े गाले गिर रहे थे, सब कुछ ढँकते हुए। यह मेरा देश नहीं है, उसने सोचा, और चौंक उठा, क्योंकि उसे अहसास हुआ कि उसने लम्बे अर्से से इस तरह की कोई बात नहीं सोची थी। उसने अपनी दर्द करने वाली आँख कस कर मींची और दूसरी आधी, और बर्फ़ को किसी ख़तरनाक़, चमकते हुए कालीन की तरह एक ख़ामोश दुनिया को ढँकते देखता रहा जिसमें वह एक अजनबी था। कौए खिड़की की सिल पर उतर आए और उसकी आधी बंद आँख में दो काले दमकते धब्बे बन गए। उसने खटखटाया लेकिन वे नहीं गए।

प्रातःचर्या से निवृत्त होकर वह बाहर गया। साझा कमरे में हमेशा की तरह कुछ ऐसे आदमी मँडरा रहे थे जिन्हें वह नहीं जानता था, हालाँकि वह कभी इसे लेकर निश्चित नहीं था क्योंकि उन सब चेहरों में एक लक्षण हावी लगता था। इन चेहरों वाले आदमियों में कितना भी ज़्यादा फ़र्क़ क्यों न हो, वह उन्हें एक-दूसरे से मिलता-जुलता बनाता था : उदासीनता और एक जमे हुए गुस्से का भाव। उल्रिष की ग़ैर-मौजूदगी में भी वे आपस में एक वरीयता क्रम का पालन करते लगते थे जो काइ की समझ में नहीं आता था, जो ताक़त से तय किया गया होगा, जैसा पशु-जगत में होता है। ताक़त ही वह तत्त्व था जिसमें वे जीते थे, उनकी हरकतें, चेहरे-मोहरे, आवाज़ें ताक़त की बोली बोलते थे; वह उनके जीवन पर शासन करनेवाला क़ानून थी। उसने ग़ौर किया कि उनमें से कुछ कैसे उसका मुआयना करते थे और वह उनके मखौल को जानता था। बर्फ ने उसमें कुछ ऐसा जगा दिया था जो अब तक दबा पड़ा था। उनकी आवाज़ें रोज़मर्रा से कहीं ज़्यादा व्यग्र लग रही थीं।

जैसे ही वह बाहर जाने को था, उसने बग़ल के एक कमरे से फ़्लोरिस की आवाज़ सुनी और उसके बाद, एक और, तीखी और उत्तरी, किसी ऐसे आदमी की जिसे वह नहीं जानता था। काइ और साफ़ सुनने के लिए रुका, लेकिन जो वह समझ पाया वह यह था कि वे लोग जिसके बचाव पर निर्भर थे वह अब इसमें नहीं पड़ना चाहता था या संपर्क से परे था और यह कि अब बहुत देर नहीं थी कि... और उसके बाद फुसफुसाहटें, बच्चों की बहादुरी की किताबों की फुसफुसाहटें जिनका वास्तविक जीवन में भी अस्तित्व था। वास्तविक जीवन?

आवाज़ें पास आने लगीं और वह चलता रहा, इमारत के बाहर, बग़ीचों में, जो एक छोटे-से वन को ले जाते थे जो फिर भी बंद इलाक़े का हिस्सा था। वह पहले भी वहाँ टहला था लेकिन बर्फ़ के ज्यादा घने और गहरे होते जाने से वह आसानी से समझ नहीं पाया कि कहाँ जा रहा था और जल्द ही उसने ख़ुद को ऐसी जगह में पाया जिसे वह पहचानता न था। बर्फ़ उसके कपड़ों और बालों पर गिरती रही लेकिन उसने मुश्किल से उस प्रर ध्यान दिया। एक विचार उसके दिमाग़ में बनने की कोशिश कर रहा था लेकिन उसके माथे में भी बर्फ़ गिर रही थी; जो अकेला स्पष्ट विचार उसे आ रहा था वह था एक सफ़ेद, बर्फ़ीली औरत का जिसने उसमें से सारे दूसरे विचारों को खदेड़ दिया था। वह वन और गहरा, और रहस्यमय बन गया। जमे हुए पहरेदारों की तरह ऊँचे उगे हुए पौधे उसके दोनों ओर खड़े हुए थे जो एक रास्ता होना चाहिए। वह कुछ खोज रहा था लेकिन नहीं जानता था कि क्या। कुछ देर के बाद उसने झाड़ियों की एक बेतरतीब आकार की बागड़ के पीछे एक ऊँची दीवार से लगा हुआ एक निचला ढाँचा देखा। वह उसके सामने जा खड़ा हुआ और दरवाज़े की तरफ़ अपना हाथ बढ़ाया।

वह सब कमोबेश अचानक एक साथ हुआ : बत्तखों की ऊँचे सुरों की चीख़ और वह वार जिसने उसे गिरा दिया। बाद में उसे इतना याद आया कि जब वह ज़मीन पर पड़ा हुआ था तो बत्तखों ने उसे अपनी सख़्त, ख़तरनाक चोंचों से हर जगह काटा था और उसने पर्वाह नहीं की थी, क्योंकि वह कण, फाँस, टुकड़ा जो वह इस पूरे वक़्त अपनी आँख में महसूस करता रहा था उस वार के साथ ग़ायब हो चुका था।

24

"वक़्त हो गया।"

लूसिआ ने इन शब्दों को बहुत साफ़ सुना। उसने अना को तम्बू के प्रवेश में खड़े देखा, अपने कंधों पर बर्फ़ के गालों को देखा, और अपने बाजू में लेटे सोए हुए उस सुनहरी दाढ़ी वाले आदमी पर निगाह डाली। वह नींद में मुस्कराया, वह एक ऐसे आतंक का सपना देख रहा था जिससे उसे डर नहीं लगता था। उसके पास स्वर्ग के राज्य की कुंजियाँ थीं; उसे कुछ नहीं हो सकता था। वह अपनी 'होनीसेइमे' की कमी महसूस नहीं करेगा, सारी औरतें उसकी थीं, जैसाकि वह सब औरतों का था। वे वस्तुओं की मूल प्रकृति से एकात्म थे–अदृश्य, दैवी संसार से–इसलिए कुछ भी ग़लत नहीं हो सकता था।

लूसिआ को यह पूछने का विचार नहीं आया कि किस चीज़ का वक़्त हो गया था। अना ने, जिसकी क्रियाओं में हमेशा कुछ विदूषकों जैसा होता था, मानों वह हमेशा अपने लिए अड़ंगे खड़े करती थी जिन्हें फिर वह पार नहीं कर पाती थी, उसे ऐसे ही विश्वास से कहा था जैसे कोई तैयार होने के कमरे पर यह बताने के लिए दस्तक दे रहा हो कि मंच पर जाने का वक़्त हो गया।

अना, जिसे आंदेर्सन के नियम के अनुसार उस क्षण फट पड़ना था, सोचती थी कि परी-कथाओं के साथ अच्छी बात यह थी, उनमें हर चीज़, वास्तविक जीवन के विपरीत, परिणाम द्वारा निर्धारित होती है। यही वजह थी कि आपको उनमें न सिर्फ़ सामान्य आदमियों से ज़्यादा सादा चरित्र मिलते हैं बल्कि इसीलिए आपको उस उबाऊ तार्किकता की चिंता नहीं करनी पड़ती जो उपन्यासों के पात्रों का जीवन इतना कठिन बना देती है। यह आपको काफ़ी संदेह और विषादपूर्ण चिंतन से बचा लेता है। इसके अलावा क्योंकि परी-कथाएँ हमेशा अपने परिणाम के विचार से शुरू होती हैं, इसलिए वे अक्सर एक विस्फोटक कालक्रम का अनुसरण करती हैं, और यह अना को भाता था। एक स्थिति जो अनिश्चितता तक भी जारी रह सकती थी, इस परिणाम

के कारण नितांत क्रूर, मनमाने ढंग से बीच में ही रोक दी जाती है; आख़िरकार अधिकांश परी-कथाएँ कुछ ही पन्नों से ज़्यादा लम्बी नहीं होतीं : यह कि इस बंद घेरे में एक पूरा, स्वतंत्र सापेक्षता-सिद्धांत उभर सकता है और, दूसरी चीज़ों के साथ-साथ, पशुओं और मोमबत्तियों के बोलने तक पहुँच सकता है, विचित्र लग सकता है किंतु है नहीं। परी-कथा कल्पना के राज्य का एक प्रांतर है और वहाँ हर वस्तु अलग ढंग से होती है; आप उसकी तुलना प्रेशर कुकर से कर सकते हैं। काल के इतने बड़े ढेर को इतनी छोटी सी अवधि में दबा दिया जाना पशु के मुँह की आवाज़ को विकृत कर देता है (और अत्यधिक तापमानों पर यही मोमबत्ती के मोमिया मौन के साथ होता है) और उसे क्रैंकार, चहचहाहट, गरजने और रँभाने के उस अत्यंत अलगाए हुए रूप में बदल देता है जिसे हम अपने दंभ में भाषा कहते हैं और जिसे हम अक्सर, यानी जब हमारे कथानक हमारे जीवन से मेल रखते हैं, मात्र अपने लिए सुरक्षित रखते हैं। उसी आधार पर, बहरहाल, यह बहस की जा सकती है कि उपन्यास सिर्फ़ बहुत मुश्किल से बोलनेवाले पशुओं से बच पाया है। जो भी सचमुच में किसी के जीवन के नाटक का आकलन करना चाहता है उसे जीवन जितना लम्बा उपन्यास लिखना होगा। यह अव्यवहारिक सिद्ध हुआ है। उपन्यास में सीमित करने के लिए जो आवश्यक दबाव होता है उसके कारण आदर्श स्वराघात वाले लोग लक्षित कर सकते हैं कि उपन्यासों में जो कहा जाता है उसका लहज़ा यथार्थ को हम जैसे देखते हैं उससे अक्सर मेल नहीं खाता। यदि खाता है तो वह अक्सर ख़राब उपन्यास होता है। परी-कथाओं में कहानी को और भी दबाया जाता है, जिसका परिणाम यह होता है कि जानवरों को बोलते सुना जा सकता है। इस तीव्रीकरण के प्रभाव का सही नियम नापना कठिन है क्योंकि आपको भेड़ियों, मत्स्यकन्याओं, मोमबत्तियों और हिमहिरनों के सारे दूसरे गुणों का हिसाब रखना पड़ेगा। यह साफ़ है कि इसका कुछ संबंध समय की तीव्रीकृत प्रक्रिया से है। यदि परी-कथा के चरित्रों को एक जटिल मनोविज्ञान दे दिया जाए या उनसे स्वयं पर चिंतन करवाया जाए, तो संभवतः वे नितांत अश्रवणीय या अपाठ्य बन जाएँगे, जैसा भी मामला हो। इसे निस्संदेह शब्दशः लिया जाए।

इसलिए, इस पूरे समय के दर्मियान जब अना यह सोच रही है, या अंशतः सोच रही है—क्योंकि मैं भी यहाँ हूँ—और लूसिआ के साथ वनभूमि की बर्फ़-ढँकी पगडंडी पर चल रही है, उसे ज़बर्दस्त सिरदर्द होता है। लूसिआ को नहीं; वह बर्फ़ से ख़ुश हो रही है। आज के दिन वह उस आदमी के बारे में तीन बार और सोचने वाली थी जो एक बादल की तरह प्रेम कर सकता था और जिसकी दाढ़ी से एक बाल

को तुम एक कैलेंडर की तरह अपनी उँगली पर लपेट सकती थीं; और अगले हफ़्ते वह उसके बारे में दो बार सोचेगी और उसके बाद हर साल एक बार, बिना ठीक-ठीक जाने कि क्यों।

"क्या अब हम काइ को खोजने जा रहे हैं?" उसने अना से पूछा जो कार को उसके मोटे, दुगने, बर्फीले आकार से निकालने में व्यस्त थी।

अना कहने वाली थी, "आज तुम उसके आमने-सामने होगी," लेकिन उसने सीटी पर एक धुन बजाई। अव्वल तो **आज** शब्द का कोई अर्थ नहीं था, और दूसरे पूरा वाक्य किसी ऐसी चीज़ की तरह लगा था जिसे पहले लिखा जा चुका था।

वह लूसिआ के इतने आसानी से दुबारा सूत्र पकड़ने से इतनी चकित नहीं थी, बल्कि कुछ-कुछ उन पृष्ठों की संख्या से जो उसे, अपनी इस उमर में, उस मस्त भीड़ के बीच ख़र्च करने पड़े थे। परी-कथा की पात्र और साथ-साथ लेखक से मिली हुई भी, एक असंभव स्थिति। लेकिन वह दानिश्वर थी; उसे लूसिआ अच्छी लगती थी और उसे वह अनुकरणीय भोलापन पसंद आया था जिससे उस लड़की ने अपने ऐन्द्रिक कारनामे का आनंद लिया था।

चूँकि लूसिआ का सौंदर्य पहले ही संपूर्ण था, इसलिए उसमें कुछ भी जुड़ने को नहीं था, और फिर भी ऐसा लगा कि वह और भी दीप्त हो गई थी। वह कार के आसपास नाचने लगी, बर्फ़ के कण उसके बालों में चमकते हुए, और उस पीली गेंद को, जिसे अना कभी-कभी अपनी सबसे अच्छी मित्र समझती थी, हवा में ऊँचा उछालती रही। अचंभे की तरह, कार तुरंत चालू हो गई।

25

काइ एक ही वक़्त में सुखी था और दुखी भी। दुखी इसलिए कि इस विचार में कुछ भयावह है कि तुम एक समय तक कोई और रहे हो, सुखी क्योंकि अब और वैसा नहीं था।

उसके हाथ उसकी पीठ के पीछे बँधे हुए थे; वह एक अँधेरे थान में लेटा हुआ था और उसने सारे वक़्त लूसिआ के बारे में सोचा था। सारे वक़्त ऐसा हम उस छोटे-से हिस्से को कहते हैं जो हम असली सारे वक़्त, से तोड़ लेते हैं। उसका ख़याल उसे भर रहा था, क्योंकि उसकी कमी थी। यह उतना नहीं था कि वह वहाँ नहीं थी—नहीं, उसकी कमी थी। उसका दूसरा अर्धांश, एक प्यारा जुमला। यह किताब पढ़ने के बारे में है। उसने उसके बारे में सोचा, लेकिन उससे कोई सहारा नहीं मिला। वह दूसरा अर्धांश जिसकी कमी है—हम फिर वापस प्लेटो के साथ हैं। लेखन जो पहले लिखा जा चुका है उसके पुनःसंयोजन से बनता है : आपके हाथ में हमेशा सौ लेखक छिपे होते हैं, भले ही आप इसे न जानें या न चाहें। इसका कोई इलाज नहीं है। यदि आप बेहतर हैं तो यह दिखने नहीं देते; जो मैं करता हूँ वह चाकर का काम है।

दूसरा अर्धांश का यह जुमला प्लेटो के बिना सोचा नहीं जा सकता। काइ उसके बारे में नहीं सोचता। वह दुख, या दर्द अनुभव करता है, खोने का दर्द, वही दर्द अब वह भी महसूस करना शुरू कर रही है। लेकिन काइ दर्द पर विचार नहीं कर रहा, उसे दर्द **हो** रहा है। क्या किसी जानवर को दर्द होता है? नहीं, जानवर दर्द **होता** है। हमेशा नहीं, लेकिन उस क्षण जब हम कहेंगे कि वह दर्द **अनुभव** कर रहा है। एक मानव को डर लगता है; एक जानवर डर होता है। जब मैं कहता हूँ कि काइ अभी लूसिआ के बारे में सोच रहा है तो मेरा मतलब है कि वह, इस क्षण, लूसिआ की कमी है। तो क्या फिर परी-कथा के पात्र जानवरों जैसे ही होते हैं? मैं सोचता हूँ कि होते हैं और इसीलिए परी-कथाओं में लोगों और पशुओं की क़दर बराबर होती है। वे एक ही दिशा में बढ़ सकते हैं और इसलिए चिंतन बेकार होता है। वह

दुख है कि लूसिआ वहाँ नहीं है और अपने शरीर के आख़िरी कोने तक वह दुख है, दुख उसके शरीर में, उसका शरीर एक कोठरी में, कोठरी एक क़िले में, क़िला घिरा हुआ, पूरी ख़ामोशी में, पुलिस के द्वारा, उत्तर से आए विशेष जाँबाज़ सैनिक, जहाँ एक नई सरकार ने आखिरकार तय कर लिया है कि वह दक्षिण के अँधियारे इलाकों के इस संगठित अपराध के अड्डे का सफ़ाया करके रहेगी।

यह सब एक बर्फ़ से बदली हुई दुनिया में हो रहा है, वही बर्फ़ जिसके बीच से लूसिआ अब क़िले को पहुँच रही है। उसे बिल्कुल पता नहीं है कि वह कितने पास आ चुकी है, और न इसका कोई महत्त्व है, क्योंकि जिस किसी ने परी-कथालोक का अध्ययन किया है वह जानता है कि यद्यपि स्थान और दूरी का वहाँ अस्तित्व होता है, लेकिन यात्रा और समय को नियंत्रित करने वाले नियम उधर अलग होते हैं। जैसे ही तुम कह चुके होते हो कि "एक वक़्त की बात है" वैसे ही तुम एक अतिकालिक और अतिक्षेत्रीय यथार्थ को रच चुके होते हो जिसमें कुछ भी संभव है। सबके लिए मनमानी आज़ादी। पात्र जंगली बत्तखों या हिमहिरनों पर सवार होकर यात्रा करते हैं। सिर्फ़ नतीजे की अहमियत है।

और नतीजा, जैसा कि मैं पहले कह चुका हूँ, तय है। उपन्यासों में अलग होता है। वहाँ परिणाम पर तब भी बहस हो सकती है जबकि वह हो चुका हो। इसीलिए, एक उपन्यास में, प्रेमी प्लेटो के बारे में सोच सकता है। जब लूसिआ बर्फ़ के बीच से अना के पीछे चल रही है और काइ अपनी कोठरी में एक पैने पत्थर से उन रस्सियों को काटने की कोशिश कर रहा है जिनसे उसके हाथ बँधे हुए हैं, तो हम उन दो उपन्यासों को देखते हैं जिनमें यह होता है। दोनों में प्रमुख पात्र प्लेटो के 'सिम्पोज़िउम' पर थोड़ा चिंतन करते हैं। अब यहाँ मेरी कक्षा में हम पाँच बैठे हुए हैं, प्लेटो, कुंडेरा, द ओर्स, आंदेर्सन और मैं। आंदेर्सन मुझे पसंद नहीं करता, यह साफ़ है। मैं उसके सारे नियम तोड़ता रहता हूँ। मैं एक ऐसा लेखक हूँ जिसका सत्र निकाल लिया गया है। यह सच है मैं हूँ। मिलान कुंडेरा के उपन्यास 'अस्तित्व का असह्य हलकापन' में तोमाश 'सिम्पोज़ुउम' के प्रसिद्ध मिथक पर सोचता है : 'जब तक ईश्वर ने उन्हें दो में विभाजित नहीं किया था तब तक मानव उभयलिंगी थे, और अब सारे अर्धांश एक-दूसरों को खोजते हुए संसार भर में भटकते हैं। प्रेम हमारे अपने उस दूसरे अर्धांश की अभिलाषा है जिसे हमने खो दिया है। कल्पना करें कि ऐसा ही है, कि संसार में कहीं हममें से हर एक का संगी है जो कभी हमारे शरीर का भाग था। "तोमाश के लिए यह तेरेज़ा नहीं है, वह औरत जिसके साथ वह अभी रह रहा है और जिसे वह चाहता है। वह कोई और है, एक लड़की जिसका उसने सपना देखा

है। अगर उसने उसे ढूँढ़ लिया तो क्या होगा? क्या तब वह तेरेज़ा को छोड़ देगा? नहीं, वह ऐसा नहीं करेगा यदि वह कभी उस सपना देखी गई अर्धांश को खोज भी पाया, तो वह उससे भाग जाएगा और उस औरत के साथ ही रहेगा जो उसकी सपना देखी गई खोई हुई अर्धांश नहीं है लेकिन सब कुछ के बावजूद वह उसके प्रति ऐसा प्रेम महसूस करता है जिसे ''वह अभिव्यक्त नहीं कर सकता''।

हम चेक लेखकों को पढ़ते हैं, लेकिन स्पानी लेखकों को कौन पढ़ता है? ऐउख़ेनिओ द'ओरे के उपन्यास 'गुआल्बा, वह हज़ार आवाज़ों वाली' में ''वह पैंतालीस बरस का आदमी प्लेटो के अमर संवाद के बारे में सोचता है।'' ''प्लेटो प्रेम के बारे में,'' वह आदमी सोचता है, ''उसकी खोज के बारे में और उस खोज की त्रासदी के बारे में जानता है। मौलिक, अनन्य प्राणी--उभयलिंगी, बाद में दो अर्धांशों में बँटा हुआ जो मिलकर पूर्ण होने के लिए एक-दूसरे को खोज रहे हैं--का मिथक प्रकाश से परिपूर्ण है। लेकिन चूँकि प्लेटो आशावादी है इसलिए वह इस खोज की काल्पनिक सफलता का वर्णन करता है, उसकी अंतिम असफलता का नहीं। वह ऐन्द्रिक प्रक्रिया के पूर्वार्ध के बारे में सुंदरता से लिखता है लेकिन उत्तरार्ध को भूल जाता है, जिसमें सब-कुछ ग़लत हो जाता है। प्लैटो एक दार्शनिक और कवि है; वह एक प्रेमी नहीं है।''

कुंडेरा और द'ओरे ने उपन्यास लिखे हैं। प्लेटो ने एक मिथक अंकित किया था जिसे संगोष्ठी के दौरान अरिस्तोफ़ानोस ने सुनाया था। आंदेर्सन परी-कथाएँ लिखता था। उपन्यास वर्णित करते हैं कि जीवन कैसा है क्योंकि वह वैसा हो सकता है। एक मिथक में अनुत्तर्य प्रश्नों का एक असंभव उत्तर दिया जाता है। वहाँ कुछ ऐसा होता है जो कभी कहीं नहीं होता। मिथक उदाहरण होते हैं, उपन्यास चित्र होते हैं, परी-कथाएँ उन लोगों द्वारा कहे गए प्यारे झूठ होते हैं जो जीवन के असफल मिथक को असह्य पाते हैं। मिथकों में लोग सदा जीवित रहते हैं। परी-कथाओं में वे बाद में सदा सुखी जीवन बिताते हैं। उपन्यासों में, उस 'सदा' के अंत में, और अक्सर पहले भी, असुख का आरंभ होता है।

मिथकों में हर चीज़ का किसी न किसी तरह हल निकल आता है; उपन्यासों में कभी कोई चीज़ नहीं सुलझती; और परी-कथाओं में समाधान को स्थगित कर दिया जाता है, लेकिन यदि वह कभी होता भी है तो परी-कथा की संभावना-परिधि के बाहर होगा। यही झूठ है।

मैं लूसिआ के बालों में बर्फ़ के बारे में सोच रहा हूँ। मैं बाहर स्कूल के खाली अहाते के ऊपर देखता हूँ, जो परावर्तित प्रकाश की एक चादर का बना है--प्रकाश,

जिससे मेरे चारों मित्रों ने अपने को छायाओं की तरह अलगा लिया है—और मैं तरद्दुद में हूँ कि झूठ बोलने की मेरी ग़ैरज़िम्मेदार इच्छा आती कहाँ से है।

"असुख से," आंदेर्सन कहता है, जो जानने की स्थिति में है। "लेकिन तुम पर्याप्त रूप से असुखी नहीं हो। इसीलिए तुम वैसा कर नहीं सकते। झूठ बोलना भी एक कला है।"

"तुम उपन्यास क्यों नहीं लिखते?" कुंडेरा पूछता है। "तब तुम यथार्थ का झूठ बोल सकते हो।"

"यथार्थ मात्र एक छाया है," प्लेटो कहता है।

"हम स्पानियों को यथार्थ से निपटना कभी बहुत ठीक से नहीं आ पाया," द'ओरे कहता है।

"यथार्थ डच लोगों के धंधे का ज़्यादा है," मैं बुदबुदाता हूँ, लेकिन प्लेटो नहीं जानता कि डच कौन या क्या हैं, और दूसरे तीन कुछ नहीं कहते।

26

अब रात साफ़ हो चुकी है; बर्फ़ नहीं गिर रही है। ओरिओन नक्षत्र की तलवार के पास वह निहारिका दिखाई दे रही है जिसमें नए तारे जनमते हैं। ओरिओन के पीछे उसके कुत्ते हैं। दिशासूचक यंत्र की सूई काइ की कोठरी में स्थित कर दो, गलियारे में हो रहे चीख़-चिल्लाहट को मत सुनो और एक छोटा वृत्त बनाओ। उसके भीतर, पुलिसवाले पहले ही क़िले की तरफ़ बढ़ रहे हैं, पिस्तौलें तनी हुईं; उसके बाहर, अभी भी चुप्पी में, अना और लूसिआ वनभूमि की पगडंडी पर चल रही हैं। अना एक सरल रेखा में क़िले की तरफ़ बढ़ रही है, और लूसिआ, जो यह नहीं जानती, उसके चौड़े आकार का अनुसरण कर रही है। वह दाढ़ीवाले आदमी को भूल गई है, उसका अस्तित्व अब केवल काइ के रीते अर्धांश की तरह है, जिसे खोजना ही है क्योंकि वर्ना उनमें किसी का भी अस्तित्व नहीं रहेगा। अना ने एक अजीब गुलूबंद अपने सिर पर बाँध रखा है जिससे वह एक बूढ़े हिमहिरन जैसी लग रही है। वह ठीक-ठीक चल नहीं रही है, वह उन दो कौओं के पीछे-पीछे जा रही है जो उससे ऊँचे और बहुत आगे उड़ रहे हैं, और इससे ऐसा दिखता है जैसे वह ख़ुद भी उड़ रही हो; हर डग एक दिन है। हिमहिरन रास्ता जानता है; कभी वह ज़मीन से उठ जाता है, और फिर लूसिआ, उस जानवर की पीठ पर बैठी हुई, अपने नीचे की सफ़ेद दुनिया देख सकती है। ऐसा लगता है कि हमेशा रात ही है, लेकिन यह रात दिन से ज़्यादा उजली है; बर्फ़ तारों की रोशनी को प्रतिबिम्बित करती है। कभी-कभी लूसिआ डाकुओं, चाक़ू लिए हुए एक लड़की, उसे यह बताती हुई आवाज़ के सपने देखती है कि उसे काइ कहाँ मिल सकता है। हर बार जब वह जागती है, दुनिया पहले जितनी ही हल्की रहती है; वह पेड़ों को युद्ध के लिए तैयार सैनिकों की तरह देखती है; उनकी डालें बंदूकें हैं, भाले और तलवारें हैं। पौ फटने पर कोई आवाज़ या तुरही हुक्म देगी, और जब पेड़ चलने लगेंगे तो आवाज़ भयानक होगी।

बर्फ़ के कण उसकी आँखों में चुभते हैं। वह फिर एक मंच पर खड़ी है; काइ को हॉल में कहीं होना चाहिए, लेकिन यह पट्टी उसकी आँखों को झुलसाती, अंधा करती लगती है; वह उसे देख नहीं सकती। वह उन उतने सारे लोगों की मौजूदगी महसूस करती है; वह ख़ामोशी को सुनती है; और फिर अचानक, जैसे एक विनाश उसे थप्पड़ मार रहा हो, बत्तखों की चीख और फुफकार उसके चारों ओर फट पड़ती है। वे हर तरफ़ से आती हैं, उनकी गर्दनें छड़ियों की तरह सीधी हैं, और हर छड़ी के छोर पर उसे काटने की कोशिश करती हुई एक खुली और चीखती हुई चोंच है। फिर गोलियों की आवाज़ होती है। अना अपने सींग उतार लेती है और सख़्त चमड़े और फ़र के पल्लों से वह तब तक बत्तखों के सिरों पर वार करती है जब तक उनकी आँखों से ख़ून न बहने लगे।

अपनी कोठरी में काइ चीखना और गोलियाँ चलना और फिर, पास में, पत्थर के गलियारे में तेज़ कदम और किसी को ताला खोलता सुनता है। वह उल्रिष है। वह मुश्कें खोल देता है और कहता है, "निकल जाओ, यहाँ सब ख़त्म हो चुका है। कभी कहना मत कि मैंने तुम्हें जाने दिया था। पक्का ध्यान रखना कि पकड़े न जाओ।"

"और तुम?"

"मैं निपट लूँगा।"

वह काइ को गलियारे में धकाता है और ग़ायब हो जाता है। काइ चलना शुरू करता है, एक उत्तरी आवाज़ को पुकारते सुनता है, "इस तरफ़, इस तरफ़," और बूटों की आवाज़। उसे पक्का मालूम है कि वह क़िले के इस हिस्से को नहीं जानता लेकिन उस आवाज़ और गोलीबारी से दूर चलता है, एक घुमावदार सीढ़ी चढ़ता है और चारों तरफ़ खंभों वाले एक चौकोर अहाते की ऐसी खुली दीर्घा में पहुँचता है जिसे उसने पहले कभी नहीं देखा था। जब वह उसे पार करने ही वाला है कि वह अचानक बर्फ़ की मलिका को देखता है। उसके पीछे खड़ा है फ़्लोरिस।

"शिकार भाग रहा है, फ़्लोरिस," वह हमेशा की तरह उसी आवाज़ में कहती है, काँच और बर्फ़ की आवाज़ में। काइ देखता है कि फ़्लोरिस किस तरह निशाना साधता है, और वह जानता है कि वह बच नहीं सकता और निश्चल खड़ा रहता है जैसे एक आख़िरी बार वह बर्फ़ में बदल गया हो; लेकिन फिर वह एक आवाज़ को अवर्णनीय शांति से और, वह बाद में सोचता है, सुरीलेपन से, कहते सुनता है, "नहीं, नहीं ऐसा मत करो," और फिर वह एक मोटी बूढ़ी औरत देखता है जिसे उसने पहले कभी नहीं देखा था, और उसके पीछे लूसिआ, अपना हाथ उसकी ओर बढ़ाते हुए और

उसका मुँह इस तरह खुला हुआ कि पुकारना चाहती हो—लेकिन फिर वह गोली गूँजती है जो उसके लिए थी, और बूढ़ी औरत गिर जाती है, एक बड़े जानवर की तरह, उस बर्फ़ में जो धीरे-धीरे लाल हो जाती है।

दूसरी गोली गूँजती है, फिर एक और, लेकिन वह नहीं जानता किसने उन्हें चलाया है, क्योंकि वे पीछे से आती हैं और वह देखता है कि फ़्लोरिस कैसे रेंगता हुआ और लड़खड़ाता हुआ भागने की कोशिश करता है जबकि उसके हाथ उसके लाल गले को टटोल रहे हैं, लेकिन तब वह अपने सामने की औरत को भी देखता है, जिससे कोई ख़ून नहीं बह रहा है और जो उसकी तरफ़ देखती रहती है जैसे वह उसका मख़ौल उड़ा रही हो, उससे घृणा कर रही हो, उस पर हँस रही हो, और जो, उसके बाद, उस हँसी का जमा हुआ मुखौटा अपने चेहरे पर लिए हुए, आगे गिरती है, टूटती है, मुड़ती है। चूर-चूर होती है, धरती पर टकराती है, बग़ल में गिरती है और एक टूटी हुई गुड़िया की तरह, उस दूसरी, ज़्यादा उम्रवाली औरत से दूर नहीं, बर्फ़ में लेट जाती है। उसकी आँखें खुली हुई हैं लेकिन अब वे कुछ नहीं देखतीं। जब उसके पीछे फ़ुर्तीले क़दम कम हो रहे हैं, वह उस औरत के पास जाता है और देखता है; लेकिन पहले की तरह, उन आँखों में काँच और बर्फ़ की अनंत गहराई के अलावा कुछ नहीं देखा जा सकता जिसमें जो भी दाखिल होने की हिम्मत करेगा वह हमेशा के लिए जम जाएगा। वह उन आँखों को बंद करने के लिए नीचे झुकता है, और जब वह वैसा करता है तो वह उनमें से एक में हीरे की तरह एक आँसू देखता है, सख़्त और तराशा हुआ। वह अपनी उँगलियाँ उसकी पलकों पर रखता है, लेकिन वे बंद नहीं होंगी, और वह एक आह सुनता है जो अब भी घृणा की तरह लगती है, और उसकी आँखों का भाव भी घृणा का है, लेकिन अबकी बार वह ग़ैर-मौजूदगी की घृणा है। हम 'सिब्बेत' हैं, एक बार उसने उससे कहा था, लेकिन वह सच नहीं था। वह कभी किसी से 'सिब्बेत' नहीं थी और अब भी वह अपने जैसी ही दिखती थी, इसके पहले कि वह उठ बैठे, उसे चला जाना चाहिए। वह लूसिआ की ओर जाता है, उसके हाथ उस दूसरी मृत औरत के हाथों से एक के बाद एक धीरे से अलग करता है, जो ख़ून और बर्फ़ के अपने बिस्तर में एक बच्चे की तरह सोई हुई है। गोलीबारी थम गई है। वह अपना हाथ लूसिआ पर लपेट लेता है। इसके पहले कि हर तरफ़ से आने वाले बूट अहाते तक पहुँचे हैं, वे दोनों बेआवाज़ साथ-साथ जा चुके होते हैं। मृतक इस तरह पीछे छूटे रहते हैं जैसे वे हमेशा वहीं लेटे रहे हों, बर्फ़ में, जो तारों को प्रतिबिम्बित करती है।

27

जो बाद में होता है उससे मैं सिर्फ़ लज्जित ही हो सकता हूँ, यदि किसी और कारण से नहीं तो अपनी उम्र से ही सही। मेरी उम्र के लोग रात को खाली कक्षाओं में नहीं बैठते। जब मैंने वे आख़िरी पंक्तियाँ लिखी थीं तो मैं अपनी कुर्सी से यत्नपूर्वक ही बाहर रेंग पाया। अचानक मुझे ऐसा लगा कि छुट्टियाँ ख़त्म हो गई हैं, कि एक शोरगुल मचाती कक्षा किसी भी मिनट अंदर आएगी और मुझे वहाँ एक घुसपैठिए की तरह देखेगी, एक ऐसे आदमी की तरह जो, क्योंकि उसकी हड्डियाँ बढ़ चुकी हैं और उसका मांस अश्लील ढंग से हर दिशा में फूल चुका है, क्योंकि उसके चेहरे से बाल उग रहे हैं और दुकादो की बदबू से, बच्चों के इलाके में रहने का अधिकार खो चुका है और फिर भी वहाँ रहना चाहता है, उचक्का।

वे अंदर आएँगे और किसी ऐसे की तरह मेरा मुखौटा खींच लेंगे जिसपर पहले से ही बुढ़ापे का दाग़ लग चुका है, जो शायद अभी से ही थोड़ा-थोड़ा मौत से गँधा रहा है, फिर भी इस सबके बावजूद, शायद ठीक-ठीक इसी वजह से, एक ऐसी दुनिया में रहना चाहता है जहाँ अभी पुरानी पीढ़ी के दाग़दार क़ानून लागू नहीं होते, जहाँ जिंदगी अभी वैसी कहानी नहीं है जिसमें सब कुछ सही बैठता है, एक ऐसी दुनिया जिसमें सब कुछ अब भी होने को है, और जो, क्योंकि वह अभी तक हुआ नहीं है, कोई भी आकार ले सकता है, क्योंकि वह अभी, मेरी दुनिया की तरह, पूरी नहीं हुई है।

वे शोर और धूम मचाते आएँगे और मुझे मेरी बहुत ज़्यादा बड़ी, घनी लिखी हुई कॉपी लिए हुए देखेंगे, जिसमें किसी की दिलचस्पी नहीं; वे धोखे को, मेरे भीतर के झूठों को, सूँघ लेंगे, और अचानक ख़ामोश खड़े हो जाएँगे; वे सब दमकती आँखें मुझे ऐसी हिकारत से देखेंगी जो असंभव हमेशा पैदा करता है। वे हँसेंगे तक नहीं; वे धीरे-धीरे पीछे हटेंगे और एक दूसरे वयस्क को लेकर आएँगे, मेरी अपनी, अपरिवर्तनीय दुनिया से कोई, जिसमें कोई कभी नहीं आता और जब तुम सुनना

चाहते हो तो तुम्हारे बिस्तर के पास बैठकर कोई कहानी नहीं सुनाता, जिसमें कोई भी अचानक, बिना किसी कारण, एक घर के बाजू में, उससे कहीं छोटे पहाड़ के ऊपर, बहुत ही ज़्यादा बड़ी पीली किरणों वाला एक सूरज नहीं बनाता।

मैंने सीटी बजाई, लेकिन धुन ठीक नहीं लगी। फिर मैंने बाहर निगाह डाली और मुझे वह दिखा जो मैं सारी गर्मी भर देख सकता था लेकिन देखा नहीं था—संख्याओं वाले, आड़े और खड़े हुए, बीच में एक-दूसरे को काटते जुड़े हुए वर्गों का खड़िया से बना एक ख़ाका, जिसे 'हॉप्स्कॉच' का खेल कहते हैं, जो मैं हमेशा कल्पना करता हूँ कि किसी आदिम ढंग से नियति का प्रतिनिधित्व करता है। तुम एक चक्कर पूरा करते हो और या तो कुछ अच्छा होता है या बुरा, इस तरह की कोई चीज़। लड़के उसे नहीं खेलते थे; कम से कम मुझे याद नहीं आता कि मैंने कभी उसे खेला हो। मैंने सोचा कि किसी विश्वविद्यालय में किसी ने निस्संदेह हॉप्स्कॉच के बारे में एक शोध-प्रबंध लिखा होगा, उसे दीक्षा-संस्कारों, गुप्त सम्प्रदायों और भगवान जाने किससे जोड़ते हुए। लेकिन अभी मेरा इससे कोई सरोकार न था क्योंकि मैंने हॉप्स्कॉच खेलने की एक हास्यास्पद, अदम्य ललक अनुभव की। मैंने उसे थोड़ा रोका, लेकिन सुबह के तीन बज रहे थे और स्कूल के मैदान में कोई मुझे देख नहीं सकता था। मैं बाहर गया, उन चौकोरों को देखा और मुझे भान हुआ कि मुझे उसे खेलना नहीं आता, लेकिन मैंने पर्वाह नहीं की।

अचानक मैं पहले चौख़ाने में कूदा, जैसे तुम गर्मियों में पहली बार सागर में कूदते हो, एक टाँग से, और एक छोटी कूद से अगले चौखाने में। मैं नहीं जानता था कि मैं क्या कर रहा था, लेकिन मैं खुश था। रात साफ़ थी, घड़ी ने तीन बजाए और अल्फ़ोंसो तिबूरोन दे मेंदोसा स्कूल के अहाते में हॉप्स्कॉच खेल रहा था। जब अगल-बगल में दो वर्ग आए तो मैं दोनों में एक साथ अपने पैरों को अलग-अलग कर कूद गया, एक ऐसी सुचारु, नन्ही कूद कूदते हुए जो मैंने गलियों में लड़कियों को कूदते देखी थी, और फिर मैं एक पैर से कूदता रहा। यह कहाँ ले जाने वाला था मुझे पता नहीं था, लेकिन मैं खुश था क्योंकि, कूदते हुए, मुझे ऐसा लगा कि मैं अभी भी वह कहानी लिख रहा था जो कक्षा में पढ़ी हुई थी, वह अजीब कोयल का अंडा जो मैंने एक साथ कम-से-कम दस और पक्षियों के घोंसलों में दिया था। मैं तभी रुका जब मेरी साँस पूरी तरह से फूल गई और मैं ज़मीन पर बैठ गया, जैसे मैं तब बैठा करता था जब मैं छोटा था, जब मैं अपना सिर खिड़की की सिल के निचले हिस्से से रगड़ सकता था। अब मैं वैसा नहीं कर सकता, लेकिन कोई चिंता नहीं। स्कूल की छत पर चंद्रमा निकल आया था और आकाश को तकते हुए मैंने अपना प्रिय

तारा ओरिओन देखा, जिसके पीछे सीरिउस था, मेरा प्रिय कुत्ता। खेल के मैदान के खुरदुरे चौग़ान पर सफ़ेद रोशनी की एक पट्टी पड़ी हुई थी, कुछ देर के लिए ऐसा आभास रचती हुई जैसे कि बर्फ़ गिरी थी, लेकिन जहाँ तक बाकी का सवाल है, और कुछ देखने को नहीं था।

और उसके बाद मैं वहाँ सदा सुख से बैठा रहा।

‘होने’ को होने दो अंतिम ‘लगने’ ही का।
एकमात्र महाराजा है महाराजा कुल्फ़ी का।

—वॉलेस स्टीवंस